Visionnaire
Un roman de science-fiction

Richard G. Hole

Science-fiction et fantastique

SYNOPSIS

Deux cents ans après la première explosion atomique à Hiroshima et Nagasaki, l'homme avait appris à utiliser la force de l'atome pour quelque chose de plus utile et constructif que de s'annihiler.

En l'an 2145 tous les vaisseaux spatiaux propulsés par l'énergie nucléaire, capables d'atteindre les vitesses vertigineuses dont il avait toujours rêvé.

Cependant, l'Univers continuait à être infini pour lui et la surface hypothétique de la planète Saturne inaccessible...

Visionnaire est une histoire appartenant à la série Science Fiction, une collection de romans de science-fiction et de fantasy

VISIONNAIRE

CHAPITRE I

Saturne avait maintenant onze lunes.

A ses dix satellites naturels, par le travail et la science de l'homme, il avait réussi à placer sur orbite le satellite artificiel, qui remplissait ses fonctions d'observateur jaloux de la planète parée des mystérieux anneaux qui l'entourent.

Le "Saturne XI" était un petit monde métallique, une merveille de technologie et d'électronique. À première vue, extérieurement, il n'était pas très différent des dix autres satellites naturels qui, depuis la longue nuit des temps, tournaient autour de la sixième planète de la plus petite à la plus grande distance du Soleil.

Mais à l'intérieur, sur le « Saturn XI », tout était différent.

Cinq cents êtres humains y pullulaient, luttant pour percer les mystères qui enveloppaient la planète aux anneaux, pour chercher à ajouter un jour à sa longue série de conquêtes spatiales, l'homme désireux de dominer au moins tout son système solaire.

Derrière, loin derrière, se trouvait la conquête de la Lune, celle de Mars, Vénus, Mercure et celle de la planète géante Jupiter.

Les observations et les relevés d'Uranus, de Neptune et du lointain Pluton, perdus aux confins du système solaire, avaient également prospéré, offrant aux habitants de la petite Terre les limites qui marquaient l'hyperespace extérieur.

Mais maintenant, avant de se lancer dans la fantastique aventure d'aller plus loin à la recherche des étoiles, Saturne devrait rester sous l'intelligence de l'homme, qui semblait vouloir ne jamais s'arrêter.

Jamais!

Cependant, les difficultés étaient nombreuses. Depuis "Saturne XI", non seulement les données connues sur la planète du même nom ont été vérifiées depuis longtemps. Que son diamètre équatorial mesurait 119 700 kilomètres, soit donc 9,4 fois plus grand que celui de la Terre, n'avait pas beaucoup d'importance. Comme il ne l'avait pas, son volume était 745 fois plus grand.

Mais celui qui se trouvait à une distance moyenne du Soleil de 1 430 millions de kilomètres commençait à l'avoir, puisqu'à partir de sa croûte terrestre, l'homme devait parcourir avec chaque thym de ses instruments de recherche pas moins de 1 186 à 1 647 millions de kilomètres, selon les la phase de votre voyage où vous êtes.

Deux cents ans après la première explosion atomique à Hiroshima et Nagasaki, l'homme avait appris à utiliser la force de l'atome pour quelque chose de plus utile et constructif que de s'annihiler. En l'an 2145 tous les vaisseaux spatiaux propulsés par l'énergie nucléaire, capables d'atteindre les vitesses vertigineuses dont il avait toujours rêvé.

Cependant, l'Univers restait pour lui infini et la surface hypothétique de la planète Saturne inaccessible.

Concernant ses caractéristiques physiques, on savait que sa densité était égale à 0,13 celle de la Terre et à 0,72 celle de l'eau. Il avait été mesuré, ad nauseam, que l'intensité de la gravité à la surface de Saturne était égale à 1,06 par rapport à la gravité de la Terre, avec une lumière et une chaleur moyennes reçues du Soleil de 0,011, en prenant pour unité celle reçue sur le globe.

Tout cela présentait des problèmes très difficiles à résoudre, pour établir un contact direct avec la planète.

Mais il y avait plus.

La surface de Saturne offre à la vision télescopique toute une série de bandes ou bandes parallèles à l'équateur, de couleur gris brunâtre, qui se détachent des rosâtres de la zone équatoriale et des bleutés des régions polaires. Tout cela nous a amené à supposer que Saturne était enveloppée d'une atmosphère dense et qu'il n'est possible d'en observer que la couche la plus étendue, dont la température était évaluée à environ 150° au-dessous de zéro, car elle était principalement composée d'ammoniac et de méthane. .

Les mêmes taches blanches que l'on pouvait voir depuis le satellite artificiel "Saturne XI" ont été attribuées à la neige ammoniacale.

Pour compliquer les choses, la planète était entourée d'un anneau qui apparaît comme une réunion, un regroupement très complexe, de divers anneaux concentriques.

Quant à la nature réelle de cet ensemble annulaire d'apparence si frappante, sa composition semble être déduite d'un grand nombre d'astrolites isolés les uns des autres, animés d'un mouvement de rotation rapide autour de l'étoile centrale et, approximativement, dans son même plan. . La persistance et la superposition des images donneraient le sentiment de continuité observé à l'aide des télescopes les plus modernes et les plus puissants.

Cette barrière naturelle qu'offrait la planète Saturne, première résistance à l'insatiable curiosité de l'homme, était étudiée sous tous ses aspects.

Si les anneaux concentriques constituaient une plate-forme solide par la concentration de myriades de millions et de millions d'astrolites, le jour viendrait où n'importe quel vaisseau spatial pourrait y atterrir : alors les astronautes risqués seraient dans une position enviable pour jeter un coup d'œil à la planète et, pour ainsi dire, regarder à l'intérieur de ce nouveau monde pour le finir, le conquérir.

Tous les scientifiques stationnés sur "Saturne XI" avaient accompli une grande partie de leur tâche ardue. Ils savaient déjà que les dimensions de l'ensemble des anneaux étaient de 278 000 kilomètres de diamètre extérieur, avec 149 000 kilomètres de diamètre intérieur. Qu'ils avaient une largeur totale de 67 400 kilomètres ; une épaisseur de 70 kilomètres et une masse annulaire par rapport à la planète de 1/600.

Et tout cela en moins d'un an d'être là, tournant et tournant comme un satellite de plus de Saturne, à 1 647 millions de kilomètres de la Terre Mère, qui les avait envoyés comme des prévisionnistes du progrès de leur supercivilisation qui refusaient d'admettre des barrières.

Outre l'examen des anneaux de Saturne, la tâche s'est concentrée sur la possibilité immédiate de pouvoir atterrir sur l'ensemble de ses dix satellites naturels.

Plates-formes idéales placées là par la mystérieuse loi gravitationnelle de l'Univers, il était destiné à leur conquête la grande économie d'autres stations orbitales qui s'imposaient.

Ce n'était pas un rêve irréalisable, étant donné qu'il y avait déjà des observatoires astrophysiques à la surface de la Lune. Il s'agissait de descendre dans l'un des dix satellites naturels de Saturne, de l'étudier, de surmonter les difficultés qu'il présentait et de s'y installer.

Dans l'ordre de la plus petite à la plus grande distance de la planète, "Mines" et "Encelade" se trouvaient respectivement à 185 et 238 000 kilomètres. «Tetis», «Dione» et «Eea», à 294.337 et 527 mille kilomètres, également respectivement. « Titan » tournait à 1 223 mille kilomètres, « Temis » à 1 460, « Hyperion » à 1 484, « Yapeto » à 3 563 et « Fepe » à 12 950 mille kilomètres.

Une famille fidèle et nombreuse, à laquelle s'était joint un nouveau fils de science : le "Saturne XI", qui tournait à soixante millions de kilomètres présidant à cette éternelle danse des corps célestes autour de la planète à conquérir.

Mais la plus importante de ces lunes était "Titan", ayant un diamètre de 4 200 kilomètres et une masse équivalente à 1,8 supérieure à celle de la Lune. C'était l'un des

les quelques satellites du système planétaire qui présentent une atmosphère, bien que les mesures effectuées dans les laboratoires de "Saturne XI" aient indiqué qu'une telle atmosphère pourrait être très nocive pour l'homme, car elle contient des acides et des formes de sels toxiques.

Bien sûr, ce ne serait pas exactement ce qui l'arrêterait.

A la surface de Mars il n'était pas non plus possible de respirer librement et pourtant, se créant les moyens nécessaires, y vivait déjà une colonie terrestre de plus de deux cents millions d'habitants.

Ou était-ce qu'un poète fou n'avait pas chanté, que l'homme poserait ses pieds pêcheurs sur la même surface rougeoyante du père soleil... ?

Et, d'une certaine manière, les poètes fous sont les diseurs de bonne aventure du futur.

Ou pas...?

CHAPITRE II

Jerry Kelly était l'un de ces poètes fous.

Bien qu'il n'ait pas composé de poésie ni perdu son temps à composer des odes plus ou moins rythmées et réussies.

La "folie" du jeune Jerry Kelly était la science. Plus précisément la science acoustique, déterminé depuis de nombreuses années à concrétiser certaines théories audacieuses de son père que, malheureusement, à sa mort, il n'avait pas pu terminer.

Mais Marty W. Kelly avait laissé à son fils suffisamment de données pour que Jerry puisse continuer son travail. Surtout, il lui avait laissé la conclusion de ses théories audacieuses sur toutes les questions concernant le son, les ondes vibratoires se déplaçant sans cesse dans l'espace et une grande accumulation de données sur ses lois immuables, le hertz et tous ces noms compliqués qui complètent la science de l'acoustique.

Ce que le sage Marty W. Kelly n'avait pas laissé à sa mort, c'était la fortune, et donc les moyens nécessaires à son fils Jerry pour poursuivre l'étude d'enquêtes aussi coûteuses.

De ce fait, Jerry Kelly n'avait pas pu mener ses expériences de manière satisfaisante, et en même temps il était contraint d'accepter l'une des positions parmi les plus importantes de ce satellite artificiel, placé en orbite autour de Saturne.

Et sur "Saturne XI", à plus d'un milliard de kilomètres de la Terre, isolé dans ce petit monde métallique où 499 autres personnes travaillaient aussi, à leurs heures perdues, après avoir rempli leurs fonctions d'ingénieur électronique spécialisé dans le son, il peinait à faire son invention.

Une invention dont il disait avec émotion :

« Il va révolutionner toute notre civilisation, la rendre plus noble, plus pure... Beaucoup plus humaine !

Mais très peu a-t-il parlé de ce que serait réellement « son invention ».

Jerry Kelly se souvenait de l'avoir fait dans les premières années de ses expériences, même si la mort de son père était récente, avec le résultat désagréable d'avoir été moqué. Et pas seulement les individus qui ne comprenaient pas toutes ces choses dont il parlait, mais aussi les centres de recherche les plus prestigieux, qui ont fini par lui dire, après avoir écouté ses étranges théories :

« Continuez à enquêter, jeune homme. Et lorsque vous obtenez un résultat positif, ne doutez pas que nous mettrons à votre disposition les moyens nécessaires pour réaliser votre rêve.

Belle façon d'excuser celui-là!

Comment pourrait-il continuer à enquêter par lui-même, si précisément ce qui lui manquait, c'était ça, les moyens ?

Jerry Kelly avait calculé qu'il avait besoin d'un laboratoire bien équipé, avec les dernières avancées et la capacité de créer les machines et les instruments délicats dont il avait besoin. Malheureusement, il ne s'agissait pas d'« inventer » un seul appareil, aussi délicat et compliqué soit-il, mais de bien d'autres qui furent achevés dans leur ensemble.

Pour commencer, il avait besoin d'un vaisseau spatial capable de voyager dans l'espace à des vitesses vertigineuses, s'enfonçant dans l'obscurité sans fond de l'hyperespace pour capter les ondes des sons qu'il recherchait. Cela seul était déjà un obstacle qu'il ne pourrait jamais surmonter seul.

Comment un particulier pourrait-il posséder un de ces engins spatiaux modernes qui effectuaient des voyages interplanétaires ?

Puis vint le système d'antenne ultrasensible, l'ensemble complexe de magnétophones, le mécanisme délicat qui devait mettre en jeu la manière de filtrer et de séparer les sons ; les bandes d'enregistrement de ces mêmes sons, la station de tri et...

C'était exaspérant !

Et pourtant, Jerry Kelly n'a jamais perdu la foi que sa merveilleuse invention deviendrait un jour une réalité.

Une réalité qui, comme il le prétendait fermement, allait complètement transformer la société.

Des mots... Des mots... Des mots !

Oui : c'est précisément sur les « paroles » de Jerry Kelly qu'il fonde ses théories. Dans les milliards et les milliards de mots que l'être humain avait lâchés tout au long de son passage sur la face de la Terre, depuis le jour même où il balbutiait pour la première fois quelque chose d'intelligible, en essayant de se comprendre avec les autres.

A partir du moment où l'être humain a cessé d'être une bête, sortant de la barbarie, pour devenir progressivement, dans la nuit éternelle des siècles, un être rationnel.

Dans une créature supérieure.

Tellement supérieur qu'à plus d'un moment de sa longue histoire, plein de fierté, il avait été sur le point de défier son propre Créateur, en utilisant des méthodes destructrices barbares pour s'annihiler.

Comme cela s'est produit lorsqu'il a découvert l'utilisation de la poudre à canon.

Comme cela s'est produit lorsqu'il a réussi à utiliser de la dynamite, de la trilite, la terrible nitroglycérine.

Comme lorsqu'il était sur le point d'être exterminé, lorsqu'il a réussi à désintégrer les réactions en chaîne du redoutable atome.

Aucune de ces étapes critiques de l'histoire de l'homme ne pourrait se répéter, si un jour le rêveur Jerry Kelly parvenait à mettre son invention à la disposition de l'Humanité.

Même si pour le moment il ne pouvait rien offrir de plus que cela non plus.

Mots.

Des mots en forme de promesses, qui avaient toujours eu peu d'écho.

Peu d'écho jusqu'à ce qu'il s'entretienne avec l'astrophysicien Walter Lehman, responsable de l'opération de "Saturne XI" et en charge de ce demi-millier d'hommes et de femmes affectés à la station orbitale.

Quelques jours après avoir atteint sa destination, Jerry Kelly lui a fait part des raisons de sa demande, annonçant le scientifique âgé :

« Ici, tant que vous savez remplir vos obligations, vous pouvez utiliser votre temps libre comme bon vous semble.

Merci professeur Lehman. J'ai postulé pour ce poste car le "Saturne XI" peut être une excellente plateforme pour mes expérimentations.

« Cette possibilité à elle seule vous a-t-elle amené ici, Kelly ?

Jerry Kelly avait réfléchi, avant de répondre, très franchement :

" Rien que ça, professeur.

« N'êtes-vous pas scientifiquement curieux au sujet de Saturne ?

"Aucun, monsieur. Je ne suis motivé que par l'acoustique

L'astrophysicien Walter Lehman avait réfléchi à son tour, passant sa main bien doigtée dans ses cheveux gris crépus, dans un mouvement habituel pour qu'il les peigne. Et c'est à ce moment-là qu'il a voulu savoir, toujours poussé par son envie scientifique :

« Parlez-moi de vos théories sur le son, jeune homme. Vous commencez à m'intéresser !

En effet, Jerry Kelly trouvait ses théories assez confuses et compliquées pour un profane. Mais avant lui il avait un homme éminent, reconnu comme sage en astrophysique, en aéronautique spatiale et doté d'un cerveau privilégié, et c'est pourquoi il tenta d'expliquer :

« Vous voyez, professeur Lehman... Vous savez que, bien que le médium mécanique qui le provoque et son appréciation par l'oreille, considérée physiquement, soient acceptés comme « son », c'est un mouvement vibratoire originaire d'un corps, qui est transmis à travers des moyens matériels élastiques et qui, lorsqu'il est porté à notre oreille, produit la sensation physiologique du son.

« Je comprends, jeune homme. Lorsqu'un objet vibrant entre, il met l'air environnant en mouvement, créant ainsi des zones de pression que vous, les spécialistes, appelez « ondes sonores ».

" Exactement, professeur ! " s'exclama son jeune subordonné avec enthousiasme. " Je vois votre compréhension claire avec une vraie joie, monsieur.

"Continuez s'il vous plaît.

« Les 'ondes sonores' se propagent dans l'air d'une manière similaire à celle de la série d'anneaux concentriques qui se forment à la surface d'un bassin d'eau calme, lorsqu'on y jette une pierre.

« C'est vrai : cela peut être vérifié par n'importe qui.

"C'est vrai, monsieur. Mais si quelqu'un peut le voir dans l'eau, pas dans l'air, parce que vous ne pouvez pas voir ces "ondes sonores".

Le silence du directeur du « Saturn XI » a incité le jeune Jerry à poursuivre :

« Il n'est pas non plus donné à personne de vérifier, par exemple, que si cette pierre est jetée dans l'océan, les vagues concentriques atteindront, sauvant toutes les difficultés qu'elles rencontrent dans leur expansion, jusqu'au rivage le plus reculé, et une fois qu'elles auront atteint le rivage d'en face, si éloigné qu'il soit, ils reviendront dans un mouvement sans fin qui, non moins sensible et de plus en plus feutré, est moins réel.

« Et d'après ce qu'il dit, la même chose se produit dans l'air, dans l'espace, lorsqu'un son est produit, n'est-ce pas ?

« Exactement la même chose, professeur Lehman ! Exactement!

« C'est très intéressant de s'en souvenir !

« Les ondes sonores sont également sphériques, elles se propagent toujours à la même vitesse ou fréquence, selon la vibration qui les a engendrées. Sauf dans les cas où l'organe producteur du son est en mouvement, ne perdant qu'en amplitude ou en intensité par rapport au carré de la distance.

La main du vieil astrophysicien invitait au repos bienveillant, après s'être arrêté de se peigner, ajoutant son jeune interlocuteur :

« Tous les matériaux élastiques, comme la plupart des métaux, le bois, l'air, l'eau, transmettent des ondes sonores à des vitesses généralement supérieures à celle de l'atmosphère. Plus précisément, dans l'air, la vitesse de propagation est de 331,8 mètres par seconde, à une température de 0°C, augmentant d'environ 0,60 par degré d'augmentation.

Walter Lehman a souri à la dernière chose, conscient qu'il n'était pas, cependant sage, aussi conscient des données que l'ingénieur acoustique Jerry Kelly. Mais suivant son idée, il s'enquit :

« Et les conditions météorologiques, la vitesse du vent, l'humidité ambiante et la pression atmosphérique n'influencent-elles pas la propagation du son, par exemple ?

"Bien sûr monsieur Mais toutes ces données sont à prendre en compte dans la spécialisation, quand on veut "récupérer" un son que l'on sait avoir été diffusé en tel lieu, à tel moment et dans telle ou telle circonstance.

La curiosité scientifique du professeur Walter Lehman s'est aiguisée, l'obligeant à demander, de plus en plus intéressé :

« Un instant ! Cela implique-t-il que tout son qui a été jeté dans l'éther peut être « récupéré » ?

"C'est vrai, monsieur.

« Un son qui a causé des ondes sonores ?

« Oui, professeur Lehman.

« Par exemple... les vibrations que produisent nos voix lorsque nous parlons maintenant ? Pourriez-vous les saisir, « les récupérer », comme vous venez de le dire ?

« Oui, monsieur Lehman. Et c'est ce que j'essaye !

« Quand pourrais-je les récupérer ?

« Quand j'aurai tous mes instruments, ce sera pareil pour les capturer, ou plutôt, les « récupérer », dans l'heure... ou le siècle !

"Ne pas!

« Excusez-moi d'avoir insisté, professeur. Et pas dans un siècle, mais dans dix mille ans, si nous en avons les moyens.

« S'il vous plaît, Kelly... pouvez-vous me l'expliquer ?

« Avec plaisir, professeur. Notez que dans ce cas, nous avons les données les plus précises. D'abord, le son produit par les vibrations converties en « ondes sonores » de nos mots, que nous connaissons à la vitesse à laquelle ils se déplacent dans leur environnement normal. Deuxièmement, le lieu et l'heure exacte où ces mots ont été lancés dans les airs, ou dans l'espace, si vous voulez le dire. Alors, à se lancer dans leur quête d'un magnétophone ultramoderne équipé d'un oscilloscope lui aussi ultrasensible, le problème serait d'explorer le domaine où l'on calcule « mathématiquement », par des cerveaux électroniques, qui « sont » éparpillés en cercles concentriques de plus en plus agrandis ceux des mots que l'on souhaite "récupérer", prononcés dans cette salle...

« Ce que tu dis est incroyable, amie Kelly !

" Ça l'est, monsieur Lehman. Mais au fond simple, et éternelle, comme toutes les lois immuables qui régissent l'Univers.

« Et ces... ces sons que font nos mots, ne peuvent-ils pas sortir de cette pièce, cette station spatiale, la « Saturn XI » ? Je veux dire s'ils ne sortent pas pour être perdus à jamais.

« Ils peuvent sortir, professeur. Perdu à jamais, non.

"Sûr?

« Si l'homme a les moyens techniques d'aller à la recherche de ces « ondes sonores », quelque part il les « chassera », pour ainsi dire.

« Je le répète, mon jeune ami... C'est très intéressant !

«Jusqu'à présent, professeur Lehman, l'homme a laissé échapper tous ces sons, perdant cette immense richesse dans l'espace.

Quelque peu surpris par le qualificatif, l'astrophysicien en charge de "Saturne XI" a répété comme un écho :

« La richesse dit ?

« Je considère que les mots qu'ils ont prononcés sont d'une énorme richesse, par exemple... Pythagore, Socrate, Platon, Aristote, Jésus-Christ...

Il marqua une pause, avant d'ajouter vivement :

« De toute façon... Tout, monsieur ! Tout ce qui a été dit et dit, depuis que l'homme a le pouvoir de parler !

« Mais ça... ce serait merveilleux, mon jeune ami ! Savez-vous ce qu'il a dit?

« Parfaitement, professeur Lehman. Chose que j'ai répété ici et là en divers endroits... Mais sans qu'on m'écoute sérieusement !

Walter Lehman sourit gentiment en calculant, peignant à nouveau ses cheveux gris ébouriffés en disant :

« Maintenant, je comprends qu'en de nombreux endroits, ils l'ont pris pour un fou.

« Croyez-moi, monsieur. Cela a été exaspérant !

« Je suis honnête avec toi, Kelly. Il m'est également difficile d'admettre que ce qu'il dit puisse un jour devenir réalité !

« Eh bien, nous l'avons à portée de main, professeur. J'y travaille depuis de nombreuses années ! Et auparavant, mon père l'a fait pendant plus de la moitié de sa vie.

« La vérité, Kelly... Je pense que ton enthousiasme te fait croire qu'il sera bientôt atteint.

« Ce n'est pas mon enthousiasme, monsieur ! N'avons-nous pas déjà des vaisseaux spatiaux qui traversent les espaces extra-atmosphériques, s'enfonçant à des vitesses vertigineuses dans le noir infini de l'Univers ? Ce qui nous empêche de les équiper d'antennes d'oscilloscope ultra-sensibles conçues par mes soins, capables de capter tous les sons qui "voyagent" dans les ondes sonores, rebondissant çà et là, ou toujours s'étalant et s'étalant en cercles concentriques, comme lorsqu'on a donné l'exemple de la pierre jetée dans l'étang ?

" Admettons cela, Kelly. Mais ils capteraient tous les sons. Tous les bruits !

« Sans aucun doute, professeur. Mais aujourd'hui c'est un jeu d'enfant de "sélectionner" les sons. L'enregistrement et la reproduction des sons est une science très avancée, depuis qu'Edison a inventé son phonographe. Depuis lors, de nombreuses années se sont écoulées et nous avons aujourd'hui de magnifiques flûtes à bec. En plus de cela, des filtres correctement sélectionnés et agencés élimineraient tous les sons qui n'étaient pas la voix humaine, avec des amplificateurs bien agencés pour restituer toutes ses nuances, toutes les inflexions du locuteur. Hertz...

« Le quoi, Kelly ? « S'enquit le vieil astrophysicien. Je vois que, emporté par son enthousiasme, il oublie la simplicité de son explication, sans se rendre compte que je ne suis pas spécialiste en la matière.

« Excusez-moi, monsieur » a reconnu Jerry Kelly. Un "hertz" est l'unité de fréquence équivalente à une vibration ou un cycle par seconde. La gamme de fréquences audibles à l'oreille humaine va de 16 Hz à 30 000 cycles par seconde. On sait aujourd'hui que l'oreille n'a pas la même capacité auditive pour toutes les fréquences, sa sensibilité étant plus grande dans la gamme entre 400 et 3 500 cycles par seconde.

Walter Lehman sourit à nouveau, pensant à haute voix :

« Et croyez-vous que nous pourrions entendre chanter le grand Carusso, dont nous parle l'histoire de l'opéra ; à une Renata Tebaldi ou à n'importe qui d'autre qui, par exemple, aurait chanté à la Scala de Milan ou au Metropolitano de New York ?

" Pourquoi pas ? " s'exclama, plein d'une certitude absolue, son interlocuteur. " Et même avec toute la richesse primitive de ses nuances, de ses intonations et de ses belles voix.

"Ne me dites pas!

« Eh bien, ce sera comme ça ! regrouper, qualifier et sélectionner d'autres données importantes, les soumettre à l'examen précédent d'un cerveau électronique spécialisé ou d'un ordinateur, pour ensuite procéder à la capture, à la "sauvetage" avec les puissantes antennes ultrasensibles et oscilloscopiques dont je vous ai parlé, ces voix qui continuer à se répandre dans l'espace à l'infini, puis la tâche de les sélectionner viendra parmi les nombreux autres bruits qui sont captés et... c'est tout !

« Si facile, ma chère Kelly ?

« C'est aussi simple que cela, une fois que tous les instruments compliqués pour lesquels je soupire depuis tant d'années sont obtenus.

" Il n'y a aucun doute, jeune homme. Si vous obtenez cela ... ce sera incroyable!

« C'est, il suffit d'imaginer ce que cela signifierait de posséder à l'infini des magnétophones, parfaitement sélectionnés par périodes, sujets, disciplines et événements, non seulement tout ce que les hommes les plus sages qui ont existé dans les générations passées ont dit, mais chacun un et tous les mots du genre humain, puisque ce que nous appelons civilisation existe. Cette "bibliothèque" serait comme des livres vivants, les manuels du futur, mettant à portée de main les pensées les plus justes, les sentiments les plus élevés, les secrets les plus intimes.

Le vieil homme Walter Lehman ne put s'empêcher de rester bouche bée en entendant ce jeune homme exalté continuer à s'exprimer avec chaleur :

Entendre la voix d'un Socrate lorsqu'il parlait avec ses disciples bien-aimés. Écoutez les conseils sages et résignés d'un Sénèque adressé à Néron. Entendre de la bouche d'un Goethe ses propres poèmes. Sentir que la voix de William Shakespeare récite ses œuvres immortelles. Écouter les monologues qu'un grand écrivain comme Dostoïevski a dû donner pendant ses nuits blanches ou écouter un Beethoven jouer du piano, doit être un plaisir si immense et si éducatif, que tout moyen pour le rendre possible est insignifiant, peu importe combien. ça peut coûter.

Penché sa tête grise de plaisir, Walter Lehman marmonna :

« Oui... Ça doit être délicieux !

« Mais il y a plus, professeur ! Et pas à cause de ce que les philosophes, penseurs, écrivains, musiciens, poètes et autres personnes de grande valeur peuvent nous donner avec leurs propres voix. Elle sera merveilleusement définitive car face à tous ces témoignages de première main, bien des malentendus, bien des mauvaises intentions, bien des erreurs historiques et bien des fausses interprétations, intentionnelles ou non, seraient éclaircies. De nombreux mensonges cesseront d'exister, de nombreux mensonges maintenant dissimulés seront révélés, et avec eux la vérité et la justice brilleront comme elles n'ont jamais brillé depuis que le monde est monde.

"Je crains que cela ne plaise à beaucoup, Kelly,

« Au diable les amis des tapujos, les enchevêtrements et les mensonges, monsieur ! Au diable toute hypocrisie ou erreur !

«Je pense que les conversations de bon nombre de dirigeants, tenues aujourd'hui par des gens irréprochables, seraient également révélées. Eh bien, il n'y a pas quelques conspirations soutenues avec le plus grand secret, que nous ne connaissons pas !

« Et alors, professeur ? J'ai pour moi celui qui aime vivre dans l'erreur et perpétuer la tromperie et le mensonge n'est pas très digne.

« C'est vrai, jeune homme, c'est vrai... Mais calculez-vous celui qui pourrait être roulé ?

« Là chacun avec sa conscience, monsieur !

Avec les ailes de son imagination, le savant sage a dû voir tout un énorme chaos qui le fit s'exclamer, quoique à moitié amusé :

« Bon Dieu, qu'arriverait-il, mon fils !

"Je le calcule, lejour où de puissants escadrons de vaisseaux spatiaux navigueraient dans l'espace capturant avec leurs antennes et leurs appareils ultrasensibles les mots qui seraient sélectionnés parmi tous les autres bruits. Une fois les navires retournés aux laboratoires et cette sélection encore plus nuancée, il serait possible de savoir, par exemple, ce que le dernier mécanicien du "Saturne XI" dit en ce moment à son ami proche.

"C'est affreux ! Ce serait violer un droit qui...

« Un droit mal compris, professeur. Nous sommes habitués à respecter les choses qui permettent en même temps aux plus malfaisants de réaliser leurs plans. Tout homme bon n'a généralement rien à cacher.

Jerry Kelly marqua une pause avant d'ajouter, pour rassurer en partie l'homme qui pourrait l'aider :

« D'ailleurs, professeur Lehman... Lorsque mon invention sera faite, si nous ne voulons pas créer le chaos et détruire de nombreuses réputations en entrant en possession de sombres secrets, nous devrons être très prudents. J'estime que seuls les postes de direction pourront accéder à ces enregistrements confidentiels.

« On voit que toutes les inventions ont leur visage et leur croix, mon jeune ami. Et je suppose que si le vôtre peut apporter une énorme satisfaction, il peut aussi apporter d'énormes problèmes.

« Mais les progrès ne doivent jamais être niés, M. Lehman. En fin de compte, tout ce qui nous rapproche de la connaissance de la vérité est moral et donc recommandé, monsieur.

« J'ai bien peur que la vérité absolue nous fasse encore peur.

« Le temps viendra où ce ne sera pas comme ça.

« Pensez-vous qu'il peut être utilisé pour l'auto-éducation des gens ?

"Pourquoi pas ? Quand ils sont certains que tout ce qu'ils disent ou disent, même dans le plus grand secret, peut être "récupéré", ils deviendront forcément moins intrigants, moins menteurs... Plus purs !

« Tu rêves apparemment d'un monde idéal, jeune homme.

« Est-ce un péché de le faire, professeur ?

« Non, ce n'est pas un péché. Mais une folie merveilleuse !

« J'ai entendu ce mot plusieurs fois. Mon pauvre père a également été évalué de cette façon à plusieurs reprises. Mais je sais que je ne suis pas fou, monsieur ! Je ne suis pas!

« Je ne dis pas une telle chose, Kelly.

"Vous voyez... Il s'agira d'un processus ascendant : nous commencerons par mesurer les mots, desquels dérivent normalement les faits et les actions. Le comportement de toute l'humanité changera progressivement. Jusqu'au jour où l'un des les hommes ou les femmes se montrent aux autres tels qu'ils étaient à l'origine.

« Qu'est-ce qui a été dit ! Tu es un fou merveilleux !

« Alors, il ne vous restera plus que vos pensées, même si le jour viendra où elles aussi seront exposées à la claire lumière.

Walter Lehman s'est levé derrière son bureau monumental comme pour indiquer que l'entretien était terminé, mais non sans commenter en souriant :

« Ce fut un réel plaisir de vous écouter, Kelly. Et à l'avance, je promets de faire tout ce qui est en mon pouvoir pour vous permettre de continuer à travailler sur votre projet.

« Je l'apprécie vraiment, professeur.

« De plus, si vous me le permettez, pendant mon temps libre, je collaborerai avec vous et je n'ai aucun problème à devenir votre assistant.

"Oh non monsieur ! Le professeur Walter Lehman ne pourrait jamais être un simple assistant à moi. Vous êtes bien connu pour...

« Mais ne comprenant rien à ta spécialité, Jerry ! Et croyez-moi, je suis passionné par votre idée.

« S'il en est vraiment ainsi, je suis heureux d'avoir tout laissé sur Terre et d'être ici maintenant.

« Est-ce que tu as beaucoup quitté, Jerry ? Le vieil homme voulait savoir.

Jerry Kelly se tut avant de répondre :

« Tout ce que j'avais, professeur.

« Une femme, peut-être... ?

« Oui... Nous allions nous marier, mais elle ne m'a jamais vraiment compris. Par contre, quand je commençais parfois à lui parler de tout ça aussi... il me traitait aussi de fou ou de visionnaire !

Souriant pour enlever la solennité de ses propos, le vieil astrophysicien a commenté :

« Dans ce cas, vous avez abouti. Ici, nous sommes tous fous ! Pas toi. Cela vous semble-t-il assez fou de demander à vivre à plus de 1 600 millions de kilomètres de notre chère planète ?

« Peut-être, monsieur. Mais, comme tu l'as dit tout à l'heure, c'est une folie merveilleuse car grâce au fait qu'il y a toujours eu de tels « fous », l'Humanité a pu progresser.

" Nous sommes d'accord, jeune homme.

Et les deux hommes se sont serré la main avec une grande émotion.

Enfin, Jerry Kelly avait trouvé quelqu'un qui le comprenait parfaitement.

CHAPITRE III

Un mois et demi après son premier entretien avec le responsable de l'exploitation du « Saturn XI », Jerry Kelly a pu présenter des résultats et s'est donc montré satisfait.

Au dixième étage du satellite artificiel, à côté des hangars où étaient alignés les cinq engins spatiaux dont le « Saturn XI » était équipé, le vieil astrophysicien Walter Lehman lui avait permis d'installer ses laboratoires.

Une série de pièces communicantes, alignées au dernier étage pour que leurs plafonds s'ouvrent en partie sur l'extérieur, contenaient les délicats instruments ultra-sensibles que Jerry Kelly avait assemblés avec l'aide de ses collaborateurs.

Des gens comme lui, destinés au "Saturne XI", mais qui n'ont pas hésité à utiliser leurs heures libres sur ce nouveau projet. Jerry leur avait parlé de ses théories en Acoustique et des vieux rêves que son père ne pouvait pas réaliser.

Après beaucoup de discussions et d'accords, ce projet fantastique a été baptisé "La Voix de l'Univers".

Jerry Kelly avait accepté la suggestion de ses collègues collaborateurs, en raisonnant avec eux :

« J'aime ce truc de « Voix de l'Univers » ! Car, en effet, ce sera l'Univers qui nous « parlera ». Nous, à l'aide de ces instruments que nous construisons, capterons tous les sons qui voyagent dans l'espace. Et les stars nous confieront leurs secrets !

La plupart de ceux qui se sont volontairement joints à la tâche ne comprenaient pas un mot d'acoustique. Mais ils étaient jeunes, ils étaient aussi passionnés par la science, et avec des mots vifs, avec sa véhémence et sa chaleur caractéristiques, Jerry savait expliquer ce que serait son "invention" et tout ce qui pourrait être réalisé avec elle.

En revanche, si vos collaborateurs n'étaient pas spécialistes des questions sonores, ils l'étaient dans d'autres matières. Par exemple, Billy

Laughton et la blonde Ramy Piccole étaient des ingénieurs électroniciens. Michel Sauet était un expert en mécanique, capable de concevoir, d'assembler et de construire le mécanisme le plus compliqué, à condition de bien lui donner une idée de ce qu'on lui demandait. L'herculéen Arthur Hadmond était un génie de l'électrodynamique, et la belle femme Marlene Power n'avait pas longtemps été docteur en cybernétique, cette science compliquée qui s'occupe de l'art de construire et de faire fonctionner des appareils et des machines qui, au moyen de procédures électroniques, ils effectuer automatiquement des calculs compliqués et d'autres opérations similaires.

Avec cette aide efficace et, surtout, avec le soutien déterminé du vieil astrophysicien Walter Lehman, qui dirigeait cette petite colonie de cinq cents êtres humains exceptionnels dans l'espace, Jerry Kelly espérait très bientôt atteindre son objectif.

"La voix de l'Univers" allait bientôt se faire entendre.

Ils n'avaient besoin que de s'équiper des mêmes instruments, mais réduits à une taille plus petite, à l'un des cinq vaisseaux spatiaux dont ils disposaient. Ensuite, ils effectueraient les calculs nécessaires à l'aide des cerveaux électroniques qu'ils avaient déjà assemblés, afin que le navire aille "récupérer" les mots qui, toujours selon les théories de Jerry Kelly, se sont poursuivis sans cesse à travers les siècles s'étalant dans l'espace infini. .

Jerry Kelly aurait aimé choisir un moment déterminant dans la longue histoire de l'homme. Par exemple, il avait rêvé de "récupérer" les paroles de Jésus-Christ lorsqu'il parlait à ses disciples l'après-midi où il prononçait son merveilleux "Sermon sur la montagne".

Mais entendre directement rien de moins que la parole du Fils de Dieu était encore un rêve. Et pas parce que c'était il y a tant de siècles ; c'était une simple question de calcul informatique. Les cerveaux électroniques s'occuperaient des équations nécessaires, en tenant compte de toutes les données qui leur seraient fournies.

Tant de siècles, tant d'années. Tant de mois, tant de semaines. Autant de jours, autant d'heures, de minutes, de secondes et de centièmes de seconde.

"Total, rien", dit Jerry.

Il serait également facile de calculer où se propageraient les ondes sonores qui entrent en vibration lorsque les paroles divines sont prononcées. L'Univers est immense et, par conséquent, selon les lois de l'Acoustique, elles seraient quelque part dans l'espace, se propageant de plus en plus Suite.

Jerry Kelly était un brillant spécialiste de toutes ces questions. Il connaissait par cœur la distance parcourue par le son en une seconde : dans des circonstances normales et à une température de 0°C, à 331,8 mètres, augmentant d'environ 0,60 par degré.

"Je te le dis" insista-t-il. Question de calcul !

Si en une seconde le son parcourait 331,8 mètres, en une minute il parviendrait à franchir la distance de 19 908 ; en une heure, 1 194 480 ; en un jour, 28 667 520 mètres, et en un an, 10 463 644 800 mètres.

Dix mille quatre cent soixante-trois millions six cent soixante-quatre mille huit cents mètres divisés par mille laissèrent dix millions quatre cent soixante-trois mille six cent quarante-quatre kilomètres, avec un reste de huit cents mètres. Il n'y avait plus qu'à multiplier ce montant par une centaine, pour savoir combien de kilomètres le son parcourait en un siècle. Si l'histoire disait que Jésus-Christ vivait en Galilée il y a plus ou moins vingt et un siècles et demi, il n'y avait plus rien à faire d'autre arithmétique.

Total : avec ces calculs non effectués à la seconde près ou avec rigueur, les paroles que le Fils de Dieu jetait au vent continueraient de se propager à une distance de la Terre de l'ordre de vingt-deux milliards de kilomètres de leur point de départ.

Mais eux-mêmes, encerclant constamment la planète Saturne, n'étaient-ils pas déjà à environ deux milliards de kilomètres de la Terre ?

Avec ses antennes ultrasensibles fixées, l'engin spatial n'aurait plus rien pour parcourir vingt milliards de kilomètres pour "traquer" les ondes sonores souhaitées.

Et les astrophysiciens et les hommes de science les plus éminents n'ont-ils pas assuré qu'une fois hors du Système solaire, glissant déjà dans l'hyperespace extérieur, libérés de la force gravitationnelle du Système, les vaisseaux spatiaux pourraient voir leur vitesse au centuple ?

Quelle distance fallait-il donc franchir ?

« Ça va vers l'infini ! « .

Avec ses yeux rêveurs, Jerry Kelly fixa le jeune scientifique et pensa sérieusement :

« C'est précisément ce qui a toujours dû être la manière de l'homme, mon cher ami. Infini!

En tout cas, Jerry Kelly a dû se passer de capter avec ses ingénieux mécanismes acoustiques ces paroles divines qu'il a tant désirées et qu'il aurait aimé pouvoir offrir au monde. L'histoire n'a pas donné les données précises nécessaires sur la vie du Fils de Dieu ; du moins en ce qui concerne le moment et le lieu où il prêchait sa doctrine divine à un moment donné.

« Qu'en est-il du discours que le président Abraham Lincoln a prononcé après la bataille de Gettysburg ? L'ingénieur électronique proposé Billy Laughton.

« Oui, Jerry ! » a décroché son partenaire Michel Sauet. » Nous avons des données précises sur ces dates. Lieu exact, date fixe et tout le reste.

"En étudiant l'histoire, j'ai lu ce discours du président Lincoln", se souvient la blonde Marlene Power, en les rejoignant. C'est merveilleux!

"Ça le sera encore plus quand tu pourras l'entendre lui-même" a assuré Jerry Kelly, acceptant apparemment la proposition de ses compagnons.

« Penses-tu vraiment que tu peux le faire, Jerry ? « La fille a voulu confirmer.

« Tu as mal dit, Marlène. On travaille tous ici en équipe ! Par conséquent, pour y parvenir, ce sera un triomphe pour tous. .

"Protestation ! cria le gigantesque et herculéen Arthur Hadmond, de sa forte voix de tonnerre.

Ils le regardèrent tous, quittant le travail, se rassemblant autour de l'électrodynamicien senior, qui ajouta, essayant de retenir son ton :

« Oui les amis. J'ai dit que je proteste !

« Pourquoi, Arthur ?

« Parce que nous ne sommes rien de plus que de simples apprenants en acoustique. Ici; Jerry est le responsable, et nous ne l'aidons qu'à assembler les appareils qu'il indique.

Jerry Kelly regarda le grand homme avec reconnaissance, mais en disant :

« Tu es très gentil, Arthur, mais j'insiste sur le fait que je ne cherche pas la gloire personnelle en cela. C'est plutôt comme... Oui, les amis : comme « quelque chose » que je suis à l'intérieur depuis des années et que j'ai hâte de lâcher, pour pouvoir l'offrir à toute l'humanité.

Il pencha la tête comme il le faisait toujours lorsqu'il réfléchissait ou se souvenait de quelque chose, ajoutant, après une brève pause :

« Je me souviens quand mon père travaillait déjà là-dessus. J'étais très jeune à l'époque et je n'arrivais pas à comprendre tout ce qu'il m'enseignait. Ces équations compliquées et tous ces calculs m'ennuyaient !

" Votre père était l'un des douze sages du Wilder Institute. N'est-ce pas, Jerry ? Marlene Power voulait savoir.

"Oui... Il a remporté des concours très serrés et ils lui ont donné la chaire d'Acoustique, mais...

Avec sa brusquerie habituelle, marchant toujours droit dans les choses, Arthur Hadmond essaya de deviner :

"Décédés...?

« Oui, Arthur... Par accident. Un après-midi, quelque chose a explosé dans son laboratoire et il a été retrouvé carbonisé.

Heureusement, tous les dessins et plans étaient à la maison. Je vivais avec une tante à moi qui...

Le visophone se mit à vibrer et l'écran s'éclaira, montrant le visage ridé du professeur Walter Lehman. La communication est venue directement du bureau du directeur du "Saturne XI" et il a annoncé, de sa voix forte et excitée :

« Est-ce que Jerry est là ?

Jerry Kelly s'est approché de l'appareil, conscient que l'écran refléterait son image dans le bureau de l'astrophysicien.

« Vous direz, professeur.

« Salut, Jerry. Veux-tu venir s'il te plaît ? Je dois t'informer de quelque chose.

Le bourdonnement s'est arrêté lorsque l'écran a été éteint.

Ils s'approchèrent tous du jeune ingénieur acoustique, mais c'est la fille blonde qui parla :

« Quoi de neuf, Jerry ?

« Je ne sais pas, Marlene. Mais j'ai cru remarquer une certaine sécheresse dans la voix du professeur.

"Je l'ai aussi remarqué", ajouta Michel. Il parlait comme lorsqu'il s'inquiétait de quelque chose.

Jerry Kelly a contacté ses bénévoles bénévoles et a annoncé :

« D'accord pour aujourd'hui, les amis. Et si on se retrouvait dans la salle à manger ?

"Je voudrais finir cette dynamo qui me donne tant de guerre et...

« Tu sais que je dois fermer ces pièces, Billy. Le système de sécurité l'exige.

« D'accord, je le ferai demain.

Ils sortirent tous et Jerry Kelly manipula le tableau à côté de la porte pour que les cellules photoélectriques enregistrent le mot de passe que sa seule répétition permettrait à quelqu'un d'entrer dans ces pièces métalliques, hermétiquement fermées par la télécommande.

Par le couloir mobile, ils atteignirent l'ascenseur, qui était distribué aux autres étages, chacun devant revenir occuper sa position sur la station spatiale.

La dernière à dire au revoir fut Marlene Power, qui annonça, avant que Jerry Kelly n'entre dans le bureau du directeur du « Saturn XI » :

« Ne manquez pas le dîner, Jerry... Je veux vous poser une question sur ces foutues antennes.

« Tu n'as toujours pas résolu le problème, Marlene ?

« Non... C'est plus difficile qu'il n'y paraît. S'ils doivent avoir la longueur d'onde que vous demandez, dans les oscilloscopes, nous devrons mettre plus de cellules d'isotopes magnétisés avec le poids spécifique de ...

La fille blonde s'arrêta en souriant en disant au revoir :

« Ne faites pas attendre le patron maintenant, Jerry. Nous parlerons plus tard.

"Tu as raison. A plus tard, Marlene.

Quelques minutes plus tard, les portes du bureau monumental du directeur du "Saturne XI" s'ouvraient.

Et Jerry Kelly a vu dans le visage du vieux Walter Lehman qu'en effet, quelque chose de très grave devait se passer.

CHAPITRE IV

Le premier mot qui a sonné dans cette pièce était celui-ci :

"C'est fini!

Jerry Kelly se dirigea vers la table derrière laquelle était assis le vieux professeur. Il crut avoir mal entendu et s'enquit, sans oser s'asseoir comme auparavant :

« Comment avez-vous dit, M. Lehman ?

" J'ai dit que c'était fini, Jerry. Fini les expériences acoustiques !

"Mais, monsieur... Maintenant que nous avons travaillé si dur, quand nous sommes sur le point de l'obtenir et...

" Tu sais mieux que quiconque l'intérêt que j'y ai mis, mon garçon. Tu le sais tres bien!

" C'est précisément pourquoi, monsieur Lehman. Je ne comprends pas comment maintenant...

Walter Lehman a arrêté de peigner ses cheveux gris avec ses doigts, avant de poser sa main sur un morceau de papier posé sur la table et de proposer :

"Lisez ceci, Jerry. Peut-être que je vais le clarifier ...

Jerry Kelly a rapidement lu la déclaration. C'était un message rayonné, venant de la sonde spatiale mère, celle qui effectuait les voyages de satellite artificiel à satellite, fournissant ce qu'elle recevait à son tour de la Terre lointaine.

En bref, cette déclaration mettait en garde : plus d'expériences acoustiques sur le « Saturne XI ». Tout travail effectué en dehors de l'étude programmée de la planète et de la constitution de ses anneaux sera considéré comme une fraude. Et pour le gaspillage inutile du matériel précieux qui est utilisé, le directeur du "Saturne XI" sera responsable.

Jerry Kelly regarda l'astrophysicien âgé et marmonna, de plus en plus inquiet :

« Pensez-vous : pensez-vous que cela vous fera du mal, monsieur ?

Walter Lehman haussa légèrement les épaules en marmonnant :

" C'est évident, Jerry. Dans l'assemblage de vos laboratoires, nous avons utilisé du matériel très précieux. Des machines et des instruments construits ici, qu'ils... Ils n'approuvent pas !

« Ils, monsieur ?

« Plus clair, Jerry. Le conseil d'administration du programme Saturn.

« Qui le préside ?

« Peter Masson, un homme qui jusqu'à présent était un bon ami et qui ne s'est pas opposé lorsque, dans les premières communications, je l'ai mis au courant. Bien sûr, il m'a dit que tant que ce travail n'interrompait pas le programme, pendant vos heures de repos, vous pouviez faire ce que vous vouliez. Plus tard... .

Jerry Kelly n'interrompit pas cette pause, l'écoutant ajouter :

« La semaine dernière, j'ai demandé les plaques filtrantes que vous avez demandées. Apparemment, le vaisseau-mère n'avait pas ce matériau délicat et l'a à son tour demandé à la Terre. Vous savez qu'ils y voient les choses plus méticuleusement et que l'ensemble du programme Saturne doit être approuvé par le Wilder Institute. Bon...

Nouvelle pause avant de terminer :

« Apparemment, quand Charles Wilder l'a découvert, il a crié. En ce moment, une commission d'enquête pour l'affaire vient ici. J'ai perdu mon poste !

Walter Lehman avait déjà plusieurs années, mais à ce moment-là, il semblait encore beaucoup plus âgé. Ce n'était un secret pour personne que cet homme avait été dans l'espace pendant plus de la moitié de sa vie. Pionnier de la conquête de Mars, il avait par la suite participé au premier contact direct avec Vénus, Mercure et Jupiter. C'est précisément sur la planète géante qu'il avait obtenu le précieux prix "Einstein", pour un certain système révolutionnaire qui permettait de doter la planète d'une atmosphère : en brûlant de gigantesques montagnes de roches, l'oxygène et l'eau que Jupiter avait eues. dans les temps anciens ont été libérés.

Et maintenant, alors que l'étape décisive de son excellente carrière allait se dérouler devant la planète Saturne...

« Désolé, professeur. Il n'aurait jamais dû m'écouter !

« Bah ! T'inquiète, Jerry. Au fond, il avait déjà envie de se reposer. Je vais pêcher la truite dans une rivière au Canada.

"Mais tu as consacré toute ta vie à...

J'ai consacré ma vie entière à la conquête spatiale, aspirant à aider les hommes à dominer au moins tout le système solaire. Mon rêve a été que... Et j'avoue qu'il l'est toujours ! Un vieil homme comme moi, avec beaucoup d'expérience accumulée, ne peut servir à rien d'autre. Mais si "ils" ...

Il s'arrêta quand il vit que le jeune homme qui écoutait voulait parler. Jerry Kelly n'a pris en compte à ce moment-là que les dommages que Walter Lehman pourrait subir et a noté :

« Je connais personnellement M. Charles Wilder, professeur. C'était un grand ami de mon père, qu'il a rencontré lorsqu'il est devenu l'un des douze sages du Wilder Institute. Peut-être que si je pouvais lui parler...

Le vieil astrophysicien sourit avec reconnaissance, bien que s'interrogeant :

" As-tu confiance en cet homme, Jerry ?

« Vous voyez, M. Lehman... J'ai déjà pensé que j'étais lié d'une manière ou d'une autre à lui. Sa fille, Fanny Wilder, est celle qui... j'allais l'épouser.

« Wow, mon garçon ! Je ne savais pas une telle chose. Et comment le puissant Charles Wilder ne vous a-t-il pas aidé dans vos enquêtes ?

« Il s'y est toujours opposé, puisque mon père est mort en eux. Vous savez déjà que Charles Wilder est un homme très entreprenant, qui aime beaucoup aider les gens. Son grand-père a fondé le Wilder Institute pour aider la science, et il a suivi la tradition familiale en le dotant de grosses sommes. Mais mille fois, il m'a dit que ce que mon père rêvait était un non-sens. L'acoustique ne l'intéresse pas ; Charles Wilder préfère voir le nom de l'institut lié à la conquête de n'importe quelle autre planète.

Jerry Kelly semblait se rappeler alors qu'il continuait :

« Nous nous sommes disputés ces derniers temps, sur mon insistance. C'est peut-être ce qui a affecté mes relations avec votre fille et moi... Eh bien, professeur, j'ai postulé pour ce poste, comme je vous l'ai déjà dit à mon arrivée, pour continuer à enquêter. Le "Saturne XI" est une plate-forme idéale, car il est si loin de la Terre.

« J'apprécie votre intention, Jerry, mais il est trop tard maintenant. La commission d'enquête arrive. Je ne le pensais pas au vu du rapport que j'ai envoyé. Il y détaille tous les progrès réalisés dans votre projet et les magnifiques résultats qui pourraient être obtenus. J'y ai mis beaucoup d'efforts parce que je... Je crois fermement en ton rêve, Jerry !

Walter Lehman s'est levé très vif pour ses années, décrochant, d'un geste énergique :

« C'est plus, mon garçon ! Jusqu'à ce que je sois officiellement relevé de mon poste de commandement, personne ne détruira ce que vous avez assemblé sur le Saturn XI.

« Détruire, dites-vous, monsieur Lehman ? » Répéta, alarmé, le jeune spécialiste de l'acoustique.

"C'est vrai, Jerry. Il y a quelques jours, j'ai reçu l'ordre de démanteler votre laboratoire, sous prétexte que tout ce matériel utilisé peut être adapté à d'autres fonctions. Je ne voulais rien vous dire, au cas où les choses se calmeraient, mais ... « sa main a de nouveau pointé vers l'ordre reçu. » Vous voyez !

« Ils semblent avoir un intérêt particulier à entraver mes enquêtes, professeur. Il est absurde que, puisque nous avons réussi à assembler tout cet excellent équipement, maintenant ...

"C'est pourquoi je vais l'arrêter ! Et s'ils me traitent... ils me traitent !

« Non, monsieur Lehman. Je vais prendre la responsabilité de tout. Je ne peux pas te laisser...

Jerry Kelly s'arrêta lorsqu'il vit le gigantesque écran radar fixé au mur du fond du bureau s'éclairer. Les coordonnées pointaient vers un point de plus en plus visible, et après avoir appuyé sur le bouton correspondant sur le panneau de commande, Walter Lehman a demandé à travers le visophone :

« Qu'y a-t-il, Gassman ?

Une voix impersonnelle leur parvint :

« Monsieur... le vaisseau-mère approche. Il a dit qu'il sera localisé lors du lancement du véhicule dans lequel la Commission d'enquête arrivera.

« Bien, Gassman. Commandez la plate-forme numéro trois à organiser. Mais ce maudit Peter Masson pourrait s'approcher, au lieu d'envoyer tous ces messieurs.

La même voix annonça :

« Le général Masson a dit qu'ils devraient apporter des fournitures à la base spatiale 'Mercury'. Ils seront à nouveau situés au même endroit, pour recevoir le véhicule avec ceux de la Commission et...

« Laisse tomber maintenant, Gassman ! « A exhorté le responsable de la « Saturn XI ».

Et avec vous, monsieur.

L'interphone s'est fermé lorsque l'astrophysicien a rencontré le regard de Jerry Kelly et s'est exclamé :

« Vous avez entendu ! Ils ne veulent pas perdre de temps.

Puis il appuya sur un autre bouton, et lorsqu'un des panneaux du bureau s'ouvrit, il était en communication avec ses assistants, qui restaient dans la pièce voisine. Le second en charge du « Saturn XI » s'avança vers son patron, et Walter Lehman annonça :

« Vous devrez prendre le commandement, Anthony. Je ne reverrai plus ces jolies bagues de cette maudite planète avant deux heures.

« Est-ce qu'ils viennent, professeur ?

« Oui, Anthony. Ils arrivent !

Jerry Kelly se sentait dépassé. Il était confus et ne savait que dire à l'homme qui, en l'aidant, en croyant en lui et en lui témoignant sa confiance, après plus d'un demi-siècle de service actif constant, allait voir sa magnifique carrière écourtée.

CHAPITRE V

Un homme grand, démesurément maigre, avec un tic nerveux qui faisait plisser le coin gauche de ses lèvres minces, annonça :

« Je suis Armstrong... Roger Armstrong, responsable de cette Commission d'enquête, le professeur Lehman.

Walter Lehman regarda avec des yeux fatigués les quatre individus que l'homme présentait d'un mouvement d'éventail de sa main, inclinant légèrement sa tête grise par courtoisie. Jerry Kelly en fit de même, tout comme ses collaborateurs les plus directs : le blond Michel Sauet, l'herculéen Arthur Hadmond, l'ingénieur en électronique Ramy Piccole, Billy Laughton et la gracieuse Dr Marlene Power.

Tous se sont sentis accusés, alors qu'ils continuaient d'écouter la voix un peu fêlée et métallique de ce Roger Armstrong, qui continuait :

« Notre visite est très désagréable, mais au vu de ce que vous avez fait sur le 'Saturne XI', très précis. Vous ne devez pas avoir oublié, surtout vous, Professeur Lehman, que le programme n'admet pas de modifications ou...

"Personne n'a rien modifié, M. Armstrong" rectifia, aussi, la voix froide du vieil astrophysicien. Les analyses, mesures et relevés sur Saturne se sont poursuivis à leur rythme normal. Je me fie aux rapports que Peter Masson a dû recevoir de temps à autre sur son vaisseau-mère.

«Mais ils se sont lancés dans de sérieuses recherches acoustiques, utilisant cette base comme plate-forme pour quelque chose qui n'était pas dans la série.

« J'insiste pour vous dire que votre patron, Peter Masson, était au courant. Je le lui ai communiqué dès que j'ai décidé que Jerry Kelly demandait ce travail supplémentaire pour continuer ses répétitions.

« Permettez-moi de rappeler personnellement à M. Kelly que ces essais et expériences ont été interrompus à l'Institut Wilder avec la mort malheureuse de son père. M. Charles Wilder lui-même lui a dit que...

"Je ne croyais pas que le Wilder Institute s'opposait à ce que je continue d'enquêter ici", objecta celui-ci.

« Vous voyez, oui ; Dès que les informations sur l'affaire sont parvenues sur Terre, nous avons reçu l'ordre de les suspendre.

« Puis-je demander pourquoi, M. Armstrong ?

« Votre question est suggestive, M. Kelly. Dans le cas d'un matériel si précieux que vous avez dû utiliser, vous devez savoir que cette perte, en soi, constitue un crime grave.

« Ce n'est pas une perte. Un jour...

La main fine et extrêmement osseuse de Roger Armstrong bougea dans les airs alors qu'il attrapait :

« Si jamais votre programme est approuvé, le général Peter Masson et moi serons les premiers à vous féliciter, monsieur Kelly. Mais pour l'instant, nous devons nous y opposer vigoureusement. Tout votre précieux laboratoire sera transféré dans le véhicule que vous nous avez apporté, pour être emmené au vaisseau-mère du général Masson.

De nouveau sa main s'agita pour les empêcher de profiter du souffle qu'il prit, avertissant :

« Et vous êtes tous démis de vos fonctions, y compris, bien sûr, le professeur Walter Lehman, qui, je l'espère, n'a aucune objection.

« S'il s'agit d'ordres supérieurs, je devrai les accepter, monsieur Armstrong.

« Ils le sont, professeur. Vous pouvez voir par vous-même la signature du général Masson. Je sais que c'est son ami, mais s'il est pressé aussi, il comprendra que notre devoir est de...

Il a laissé les mots en suspens, et Jerry Kelly a objecté :

« Est-ce que mon laboratoire doit être démantelé, M. Armstrong ? »

« Totalement nécessaire ! Cette Commission a été formée précisément pour cela, alors qu'en même temps elle valorise tous les instruments utilisés à sa juste mesure. Je comprends que vous avez eu besoin de beaucoup d'instruments de votre propre fabrication.

"C'est comme ça. Cela nous a coûté cher de les concevoir, et encore plus de les réaliser. Gardez à l'esprit que le rôle qu'ils doivent jouer n'a jamais été tenté jusqu'à présent. Même mon père n'a pas pu concevoir pendant la moitié du Il y a quelques années, les techniques actuelles n'étaient pas disponibles, et peut-être le pauvre homme ne pouvait-il pas trouver d'aussi bons collaborateurs que j'ai eu la chance de trouver.

Jerry Kelly a dit ceci, indiquant aux cinq hommes et à la fille blonde qui étaient à côté de lui, qui, malgré avoir offert aux visiteurs le meilleur de leurs sourires, ont entendu Roger Armstrong répondre, comme avec une satisfaction visible :

"Eh bien, c'est dommage tout ce travail, M. Kelly

Puis il se tourna vers les quatre hommes qui l'accompagnaient, leur ordonnant :

« Ils peuvent commencer. Je veux un bon inventaire, minutieusement détaillé pièce par pièce.

Ce même jour, les collaborateurs de Jerry Kelly se sont réunis dans la salle à manger, avec un grand dégoût il a appris qu'après l'inventaire, tous ses instruments étaient en train d'être emballés, pour être transportés jusqu'au véhicule spatial avec lequel ils partiraient, eux aussi, vers le ravitailleur. .

Avec véhémence et incapable de se contenir plus longtemps, l'herculéen Arthur Hadmond proposa :

« N'y a-t-il aucun moyen de l'arrêter, Jerry ?

"Ne sois pas grossier ! " objecta Michel Sauet. " Comment ? Baise avec ces idiots de la commission d'enquête ?

"Pourquoi pas ?

"Parce que nous n'anticipions rien, Arthur" les apaisa Jerry Kelly.

Également démissionnaire en partie, Marlene Power a déclaré :

« Dans quelques jours, le ravitailleur nous attendra. Si nous refusons d'expédier ces appareils et que nous n'y allons pas...

« Ne pensez plus de bêtises ! Billy Laughton est intervenu. Ce serait un soulèvement, et nous avons déjà eu pas mal de problèmes avec le pauvre professeur Lehman.

Ramy Piccole n'avait rien dit depuis la fin du dîner, mais il abandonna son silence en s'enquérant, regardant un à un ses amis :

« Pensez-vous qu'ils nous enverront sur Terre ?

"Ce ne serait pas une punition", a estimé Arthur Hadmond.

L'incognito s'est éclairci le lendemain, lorsqu'en prenant la relève du poste que Jerry Kelly avait « signé, sa compagne qui quittait l'équipe lui a souhaité :

« Tu vas avoir besoin de beaucoup de chance, Jerry. Jusqu'à présent, personne n'a essayé !

Jerry Kelly est allé allumer le sondeur acoustique pour capter les ondes sonores provenant de la masse de la planète Saturne, lorsqu'il a été interrompu en interrogeant :

« Que veux-tu dire, Sydney ?

« Aux anneaux. Vous n'avez pas entendu ?

« Je viens de ma cabine maintenant. D'ailleurs, je n'ai pas beaucoup dormi. J'ai passé la nuit à penser à notre transfert, peut-être sur Terre.

Sydney fit une grimace perplexe en répétant :

« À la terre ? Mais si tu vas aux anneaux ! m'a dit le capitaine Quiin ! Tu prépares déjà ton vaisseau spatial.

« Comment dis-tu Sydney ?

« C'est vrai, Jerry. Sur la plate-forme numéro cinq ; Au fait, je ne sais pas ce que toutes ces machines que vous avez faites construire par Marlene, Arthur et les autres vont faire pour vous.

Encore plus étonné, Jerry Kelly a quitté son poste en demandant :

« Peux-tu continuer encore quelques heures, Sydney ? Je veux confirmer tout ce que vous dites. Je dois parler au professeur Lehman !

Sydney a repris sa position, acceptant avec compassion :

« Tu peux y aller, Jerry. Un gars qui va essayer d'atterrir quelque part dans les anneaux de Saturne, il peut tout lui permettre. C'est comme quand on est condamné à mort et...

« Tu veux te taire, Sydney ?

Quelques minutes plus tard, Jerry Kelly était au centre névralgique de ce merveilleux mécanicien en acier qu'était le satellite artificiel "Saturne XI". Devant lui se trouvait à nouveau le vieux professeur Walter Lehman, qui confirma à ses questions :

« C'est vrai, Jerry... essayons-le !

« Je n'ai rien à objecter, si j'ai été choisi, professeur Lehman. Lorsque j'ai accepté ce poste, je savais à quoi je m'exposais. Mais j'aimerais savoir si ma désignation, et la vôtre aussi, ont quelque chose à voir avec l'autre.

« Il doit en être ainsi, mon garçon, car l'équipage comprenait Arthur, Michel, Ramy, Billy et aussi... Marlene Power aussi !

Jerry Kelly a presque sursauté alors qu'il avançait vers la table d'un autre pas, s'exclamant :

"Elle aussi ?

« Oui, Jerry... Cette pauvre fille aussi !

« Mais pourquoi ? Pourquoi tout cela, monsieur Lehman ?

"Je ne sais pas, fils. L'ordre est venu directement du général Peter Masson.

Impuissant, le jeune homme secoua les doigts en s'écriant :

« Eh bien, oui, son bon ami Masson l'aime ! Savez-vous ce qui vous envoie vers une mort certaine ?

" Il a dû recevoir des ordres à son tour, Jerry.

"Pourquoi ce Roger Armstrong a-t-il dit en premier lieu qu'il retournait au vaisseau-mère avec nous, ces gars avec lui et tous les instruments de mon labo ?

« Il y croyait aussi. L'autre commande est venue plus tard.

« D'accord ! Je sais qu'un jour ou l'autre il fallait essayer. Mais il ne m'a pas expliqué pourquoi précisément les six d'entre nous inclus dans l'équipage du capitaine Quiin devaient partir.

Jerry Kelly arpentait nerveusement la pièce spacieuse, les mains jointes derrière le dos, tout en continuant, face au silence du vieil homme :

« Et encore moins m'expliquer qu'ils doivent charger tout mon équipement sur le vaisseau spatial du capitaine Quiin. A quoi cela peut-il être bon, si nous ne savons pas si nous pourrons ou non prendre contact dans ces anneaux condamnés ?

Presque d'une petite voix, Walter Lehman déclara :

« Nous ne pourrons pas, Jerry... Je suis de plus en plus convaincu qu'ils ne forment pas une plate-forme solide. Ce sont des condensations de bases ! Et des gaz toxiques !

« J'admets que quelqu'un doit venir un jour pour le confirmer ou le nier, professeur. Mais je n'arrive pas à croire que notre rendez-vous était une « coïncidence » !

L'astrophysicien se leva lentement en disant :

« Je n'ai pas peur de la mort non plus, Jerry. A mon âge, après avoir tant vu et bien sorti dans bien d'autres circonstances, ça ne compte pas.

Sa voix devint plus énergique et changea de ton lorsqu'il s'exclama :

« Mais ça me révolte qu'ils nous envoient là-bas comme s'ils voulaient..., comme s'ils essayaient de se débarrasser de nous !

Jerry Kelly se tut, respectant la colère étouffée de son patron. Il savait que franchement il continuerait à lui présenter tout ce qu'il pensait et il ne fut pas surpris de l'entendre ajouter :

« Qu'est-ce que c'est ! Notre crime n'a pas été si grave. Quoi ? Ces millions que nous avons dépensés pour des instruments, du matériel et des machines valent-ils plus que nos vies ?

« Ce n'est pas comme ça, monsieur Lehman. Le fait que ces instruments soient chargés sur le navire du capitaine Quiin le prouve. Même s'ils risquent nos vies Explorer l'espace, en particulier l'inconnu, vous savez mieux que quiconque que cela comporte toujours des risques. Mais... pourquoi porter tout ça ? Pensez-vous que nous allons trouver un endroit idéal pour atterrir et nous installer afin que je puisse continuer mes recherches ?

"J'ai dit, Jerry. Ils veulent nous débarrasser de tout ça !

« Mais... qui, professeur ? Votre ami, le général Peter Masson ?

« Je ne sais pas... Je suis confus ! Peter et moi avons toujours eu de bons amis. J'ai du mal à croire que la commande vient de lui !

« Avez-vous communiqué directement avec le général Masson, monsieur ?

"Je ne pouvais pas. Il a entré la commande par code, avec toutes ses exigences de sécurité, mais ils m'ont dit qu'il n'était pas sur le vaisseau-mère. Il y a une base spatiale qui a nécessité votre visite.

Jerry Kelly était silencieux, mais son esprit ne s'arrêtait pas de travailler. En quelques secondes, il pensa à beaucoup de choses. Dans le voyage risqué qu'il allait devoir faire, dans lequel il serait accompagné, dans ses instruments bien-aimés qui lui avaient coûté de nombreuses années de travail, de ténacité et d'efforts pour imaginer.

Pour l'instant, maintenant qu'ils les avaient enfin eus...

A voix haute, il déclara seulement :

"Pauvre Marlène ! Il est si jeune...

« Sa présence sur l'expédition, dit-on, se justifie par le fait qu'elle est une grande spécialiste de la cybernétique. L'ordre du code du général Masson indiquait spécifiquement qu'il devrait être inclus au cas où une fois sur place nous serions obligés d'improviser. Cette fille est très brillante et...

Sans vraiment savoir pourquoi, Jerry Kelly sut soudain :

« Et que disent ceux de cette toute nouvelle Commission d'enquête ?

"Roger Armstrong est devenu blanc et sa lèvre a commencé à trembler avec ce tic nerveux qui semble généralement le faire plisser", a déclaré l'astrophysicien, quelque chose d'amusant.

« *Êtes-vous spécialiste de quelque chose, monsieur Lehman ?*

« *Non, mais l'ordre indiquait qu'ils pourraient couvrir les ports secondaires. Après tout, ce sont tous des hommes correctement formés pour la vie dans l'espace.*

Ils se turent à nouveau, brisés par la voix de Jerry qui voulait confirmer :

« *Quand partons-nous, professeur ?*

Walter Lehman avait l'étrange et fâcheuse impression que c'était lui qui condamnait ses amis en leur faisant remarquer : d'une voix douce :

"Première chose demain matin, mon fils...

CHAPITRE VI

Arthur Hadmond regarda à travers la fenêtre de quartz transparent, disant, de sa voix forte et tonitruante :

« Qui était le fou qui chantait la clarté du ciel, son « bleu » pur, toutes ces bagatelles ?

"Ce devait être quelque poète", précise à contrecœur Michel Sauet.

"Eh bien, je le vois noir ! Noir comme du bitume ! Mieux encore, les gars. Comme une gueule de loup !

" C'est ce que c'est, Arthur. Une gueule de loup qui va nous dévorer !

Tous les regards étaient braqués sur celui qui avait dit quelque chose que, au fond, ils l'avouaient ou non, pensaient tout le monde. Ils y pensaient depuis que la plate-forme de décollage numéro 5 était prête, lançant le vaisseau spatial du capitaine Marty Quiin dans l'espace.

Le "Saturne XI" est resté en arrière, jusqu'à devenir un point lumineux et brillant, comme s'il était l'un des dix satellites naturels de la planète inconnue dont ils devaient explorer le voisinage.

Ramy Piccole a attiré l'attention de ses camarades éclaireurs et a protesté, après le silence pesant derrière ses derniers mots :

« Qu'est-ce qui se passe ? Pourquoi me regardes-tu comme ça ? Est-ce que j'ai dit des bêtises ?

« Tu l'as fait, Ramy.

Après avoir dit cela, Jerry Kelly a quitté son siège après avoir desserré les ceintures, s'approchant de Marlene Power pour lui demander :

« Vous voulez m'aider ? Il va falloir apporter quelques modifications au radiomètre. Je vois que les chiffres ne cessent d'augmenter.

À contrecœur, la femme blonde a nié :

« Je n'ai pas vraiment envie de travailler, Jerry. Et si vous le faites pour la divertir et ne pas écouter les mauvais présages de Ramy, ne vous embêtez pas. Ne pensez pas que ce que je dis m'affecte !

"Eh bien. A moi, oui ! " Protesta, de son côté, Michel Sauet. " Quel con !

« Cretin ! » répondit sèchement le susdit, debout à côté du grand Arthur, pour regarder aussi à l'extérieur.

Les nerfs se sont déchaînés et Michel Sauet s'est rapidement libéré des sangles, arrêté par le vieil Walter Lehman, qui a conseillé :

« Pourquoi tout le monde n'essaie-t-il pas de rester calme ? Ou vont-ils me dire que c'est la première fois qu'ils font un voyage risqué ?

"Un voyage risqué, non, professeur" aboya Ramy Piccole d'un ton boudeur. Mais je n'avais jamais reçu l'ordre de me suicider ! Et vous savez que nous allons nous désintégrer à mesure que nous nous rapprochons de ces satanés anneaux !

« Je ne suis pas sûr, Ramy. C'est ce qu'il faut essayer !

"Ah ouais ? Sommes-nous des cobayes ? Pourquoi précisément avec un navire habité ? Je me souviens dans les premiers sondages de Jupiter...

« Voilà, mon garçon ! "Il l'a coupé, espérant être un catalyseur pour les nerfs de tout le monde." Vous vous en souvenez vraiment ?

" Cela ne s'oublie pas facilement, monsieur Lehman. Allez... Il me semble !

"Eh bien, vous vous souviendrez aussi que lorsque les premiers navires télécommandés ont été envoyés, nous pensions tous qu'ils n'arriveraient pas. Et ils sont arrivés !

« C'est différent, mon ami. Regardez le radiomètre ! Pensez-vous que cette aiguille est devenue folle?

Jerry Kelly a insisté, invitant la femme :

Allez, Marlène. Le mécanisme peut être erroné. Nous devons le programmer pour résister à de plus grandes influences. C'est une question de...

La fille blonde le suivit, descendant l'escalier central jusqu'au niveau inférieur. Le vaisseau spatial dirigé par le capitaine Marty Quiin n'était pas grand. Tout était en place pour tirer le meilleur parti de l'espace, et même si tout l'équipage pouvait y rester six mois, on ne pouvait pas dire qu'il restait un demi-mètre cube.

Au rez-de-chaussée se trouvait la salle générale, et là, le désagréable Roger Armstrong les rencontra, qui arriva en annonçant :

« Allez, Jerry. Il y a quelque chose que je veux que tu voies !

« Qu'y a-t-il, M. Armstrong ? Êtes-vous également excité ?

« Il doit y en avoir, croyez-moi.

Ils le suivirent à travers les étroits couloirs métalliques, jusqu'à ce qu'ils atteignent l'entrepôt. En voyant tous ses instruments emballés alignés là, Jerry Kelly n'a pas pu s'empêcher de dire

« Dommage ! Avec tout ce que ça nous a coûté de construire ça, je ne sais pas ce qu'ils vont faire pour nous maintenant !

Roger Armstrong s'est approché de l'un des colis, mettant la main dessus, annonçant :

« Vous êtes les bienvenus, car ce ne sont pas vos instruments Jerry.

« Comment dis-tu ? Intervint Marlène, aussi surprise que son jeune compagnon.

Ce qu'ils entendent. J'ai ouvert l'un de ces paquets et l'ai vérifié. Quelqu'un nous a piégé ! Et j'aimerais savoir pourquoi !

Fébrilement, les mains de Jerry Kelly ont commencé à déchirer la bâche imperméabilisée des paquets. Ils contenaient des outils, des ordinateurs, des compteurs et toutes sortes d'instruments.

Mais ce n'étaient pas eux qui avec tant d'efforts, de travail et d'amour il avait commandé de construire ses amis !

Les grands yeux bleus de la femme blonde cherchèrent les siens et sa voix demanda :

« Que pensez-vous que cela pourrait signifier, Jerry ?

« Tout d'abord, un canular, Marlene.

« Mais de qui ?

« C'est la première chose que nous devons découvrir.

Roger Armstrong n'arrêtait pas d'exposer l'emballage, criant, presque dans une crise d'hystérie :

"Regardez ! Regardez ça ! Ce sont des machines inutiles. Beaucoup manquent des pièces. Elles ont été mises à la place de leurs instruments !

Puis, plus calme, il cessa de passer d'un colis à l'autre, ajoutant :

« Je suis venu ici par curiosité, et en me souvenant des appareils que vous m'aviez montrés sur le 'Saturne XI', j'ai vu qu'ils n'étaient pas les vôtres. Quelqu'un les avait chargés sur le navire du capitaine Quiin, à la place des autres !

« Ce qui veut dire que les tiens sont toujours sur le « Saturn XI » » en déduit la femme.

" C'est ça, Marlene. Mais qui pourrait faire une chose pareille ?

« Ma question est : Et pourquoi ? Roger Armstrong a encore dit.

Les trois étaient silencieux alors qu'ils réfléchissaient. Enfin, la voix nettement virile de Jerry Kelly pensa à haute voix :

"Je crains que...

« Quoi, Jerry ? Parlez s'il vous plaît !

« Oui, Marlene... Je pense que je devrais, même si cela semble fou et monstrueux. Je commence à lier les détails et ils m'amènent à cette conclusion : « Quelqu'un » veut se débarrasser de nous. De toute l'équipe que nous avons formée !

Il marqua une pause avant de continuer :

« Ils nous envoient, par ordre supérieur, explorer les anneaux de Saturne car ils espèrent que nous ne reviendrons pas !

"Mais vos instruments...

"Il y en a ! Ils nous ont laissé croire que la commande les incluait aussi et qu'ils devaient être chargés sur ce vaisseau spatial... Mais ce n'est pas comme ça ! Ce qui indique qu'ils sont toujours dans "Saturne XI"... Car que "quelqu'un" est intéressé.

La main osseuse de Roger Armstrong, grand et mince, a été levée, avertissant :

« Et pourquoi nous ont-ils inclus dans l'exploration ? J'ai présidé la Commission d'enquête qui devrait...

" C'est pourquoi M. Armstrong ! " Jerry l'a arrêté. " Vous et les quatre hommes qui vous accompagnent savaient aussi quelque chose de ce que je me proposais de faire et aussi... vous souhaitez aussi les voir éliminés !

« Qui, Jerry ? Vous pensez au général Peter Masson, le commandant en chef du vaisseau-mère ?

« Il vous a envoyé, n'est-ce pas ?

" Oui, mais le général Masson a toujours été un honnête homme, incapable d'une telle chose. Quel intérêt peut-il avoir à ça...?

« Si nous continuons dans cette exploration suicidaire, nous ne pourrons jamais le savoir. Je vais parler au capitaine Quiin !

« Attends, Jerry ! Tu vas lui dire de ne pas continuer le voyage ?

« Exactement, mon ami !

« Mais ça... c'est désobéir aux ordres ! C'est autant que...

« Cela nous justifie. Il y a déjà une anomalie dans notre expédition, et nous n'allons pas attendre qu'une excuse nous soit donnée par radio. Nous reviendrons sur le "Saturne XI" là-bas, nous découvrirons qui a fait la modification de ces packages.

« Ce devait être Louis Streisand ! Il est en charge du chargement et du déchargement du « Saturn XI » ! Lorsqu'ils nous envoient du ravitaillement et du matériel depuis le ravitailleur, c'est lui qui le reçoit, tout comme lorsque le professeur Lehman devait envoyer quelque chose au général Masson ou sur Terre.

"Eh bien, que Louis Streisand devra nous expliquer cela," dit fermement Jerry Kelly.

« Il faudra parler avec les autres, Jerry.

" Nous le ferons, Marlène. Après tout, le professeur Walter Lehman est toujours notre patron.

* * *

L'un des membres d'équipage du capitaine Marty Quiin s'est approché de son patron et a dû lui chuchoter quelque chose doucement à l'oreille.

Le capitaine Quiin regarda tout le monde rassemblé, sembla reprendre son souffle, et finit par annoncer :

« Les amis... Il n'y a pas qu'un simple changement d'emballage ! Le sergent Evans vient de me dire qu'en fouillant bien l'entrepôt, ils ont trouvé un "sympa" appareil qui peut nous faire voler à tout moment.

Il vit de l'inquiétude et de la surprise sur tous les visages, concentrant son regard sur la femme blonde alors qu'il la calmait :

« Ils ne devraient pas s'inquiéter. Mes hommes commencent à démonter cette petite charge atomique. Et j'espère qu'ils l'auront compris !

Roger Armstrong a commencé à s'agiter, comme une fine anguille qu'on sort de l'eau. Les commentaires commencèrent et la voix du commandant du navire demanda à nouveau :

« Ne vous fâchez pas ! Si nous agissons calmement, je pense que nous pouvons revenir à "Saturne XI".

« Est-ce déjà décidé, capitaine ? " Demanda l'un des quatre compagnons de Roger Armstrong.

Ce fut la voix du vieil astrophysicien Walter Lehman qui répondit :

« Compte tenu de tout cela, nous n'allons pas continuer l'exploration. J'en porte la responsabilité ! Je vais contacter le général Masson et...

« Puis-je, professeur ?

Walter Lehman fixa ses yeux fatigués sur le visage de Jerry Kelly, qui continua avec son consentement :

« Mieux vaut le faire nous-mêmes, professeur. Plus prudent !

« Mais est-ce que... vous pensez que Peter Masson peut... ?

« On peut toujours dire que l'interphone est tombé en panne. Une fois de retour sur "Saturne XI", Louis Streisand devra nous parler du changement de ces colis... et comment ce "joli cadeau que les hommes du capitaine Quiin ont trouvé là-bas est entré dans la cargaison!"

« Ils voulaient nous volatiliser ! s'exclama Ramy Piccole

Il fit face dès qu'il donna son exclamation à Michel Sauet, lui rappelant :

« Tu ne m'as pas traité d'oiseau de mauvais augure ? Eh bien, voyez si j'avais un bon nez !

« S'il vous plaît » a demandé le commandant du navire. Arrêter de se disputer. Je vous supplie de prendre votre place et de laisser mon équipe régler ça.

Ce fut le grand et herculéen Arthur Hadmond qui amorça la sortie en marmonnant :

« Si je découvre qui est le criminel qui a voulu nous envoyer en enfer..., je l'étranglerai à mains nues !

CHAPITRE VII

Avant de commencer la première orbite autour de "Saturne XI", l'ordre est venu du satellite artificiel de la planète au vaisseau spatial du capitaine Marty Quiin :

« Identifiez-vous ! C'est "Saturne XI" ! Identifiez-vous !

Aux commandes du vaisseau spatial, le capitaine Quiin s'est retourné pour rencontrer le regard de l'astrophysicien Walter Lehman et du jeune Jerry Kelly. Enfin, il connecta l'interphone en transmettant :

"C'est" Delta-5. " Le navire commandé par le capitaine Marty Quiin. Nous rentrons à la base ! Permission d'atterrir.

La voix leur parvint parfaitement audible et aiguë :

"Refusé! Vous avez une mission à remplir. Ils devraient être à dix millions de kilomètres d'ici !

Walter Lehman s'avança et c'est lui qui répondit :

« Gassman ? C'est moi, Walter Lehman. Je vous ai donné le commandement du « Saturn XI » sur ordre du général Peter Masson... Bien. Je reviens et reprends le commandement du « Saturn XI ». Et nous allons débarquer ! Nous avons besoin de la plate-forme numéro cinq pour être en mesure de ...

Une série d'interférences leur annonçait que la réponse se heurtait aux ondes sonores de leur message. L'astrophysicien s'est tu pour enfin pouvoir capturer :

« De quoi s'agit-il, professeur Lehman ? J'ai une responsabilité et j'insiste pour que vous...

« C'est un ordre, Gassman ! Un cas d'extrême urgence !

« Bon professeur. Je vais donner l'ordre de mettre en place la plate-forme numéro cinq.

Deux heures plus tard, le vaisseau spatial du capitaine Marty Quiin glissait le long de la gigantesque rampe qui les conduirait dans les hangars du "Saturne XI". Tout le monde avait le sentiment que c'était comme rentrer "à la maison". Dans ce gigantesque satellite artificiel, ils avaient passé plus d'un an et là, ils auraient tout le confort dont ils avaient dû se passer pendant ce court voyage d'exploration.

De plus, ils étaient tous avides d'en connaître les causes car, de manière délibérée et criminelle, ils avaient été envoyés à la mort.

Une mort qui plus tard aurait pu être justifiée, affirmant que l'expédition vers les anneaux de la planète Saturne avait été un échec.

Marty Quiin effectuait la manœuvre avec son habileté habituelle, quand soudain il sentit sur les commandes que quelque chose n'allait pas. Il jeta un rapide coup d'œil au tableau de bord et vit que la rampe numéro 5 commençait à se fermer prématurément.

C'était absurde.

Personne n'a pu être aussi maladroit sur le "Saturne XI" pour initier l'opération de fermeture avant la fin de la manœuvre. Instinctivement, Marty Quiin démarra les moteurs, le devançant à son tour pour ne pas être emporté par la fermeture de cette gigantesque rampe d'acier dur, comme s'il s'agissait d'un insecte.

Ils ont glissé le long de la rampe presque verticalement et le crash a été énorme. Le poids formidable de l'engin spatial détruisit une partie des hangars, mille étincelles jaillirent des courts-circuits et un incendie se déclara dans l'un d'eux.

L'alarme automatique se mit à sonner et dans les couloirs du "Saturne XI" tout était activité et mouvement.

Et soudain, le vaisseau du capitaine Marty Quiin s'est déchiré comme si une force formidable le déchirait...

* * *

La première chose que Jerry Kelly revoya fut de beaux yeux bleus qui le fixèrent. Il se sentait encore à moitié étourdi, mais il pensait avoir deviné dans les yeux de cette femme, l'amour ; du moins le regardaient-ils avec une infinie douceur.

Il réussit à s'asseoir et, perplexe, demanda :

« Où suis-je, Marlène ?

« À l'infirmerie. Heureusement, vous n'avez subi qu'une seule commotion.

"Qu'est-il arrivé ?

« Ils disent qu'il y a eu un accident.

Puis, plus doucement, il annonça :

" Cela a coûté plus de vingt morts, Jerry. Pauvre Arthur, Michel et Ramy aussi...

« Et le professeur Lehman ?

« Elle est aussi soignée. Il y a plus d'une trentaine de blessés.

"Tant ?

"Oui; Parmi ceux d'entre nous qui rentraient, le personnel du hangar et l'équipage du capitaine Quiin... Beaucoup doutent qu'ils puissent être sauvés. Un incendie s'est déclaré et... C'était horrible !

Jerry Kelly est resté assis, surtout pour voir s'il pouvait bouger. Sa veste de pyjama montrait son large thorax poilu, et la femme blonde demanda :

« Vous ne devez pas bouger maintenant, Jerry.

"Je me sens bien. Je veux parler le plus vite possible | avec le professeur Lehman et avec Gassman.

"Je l'ai vu; Je t'ai tout dit, mais...

« Allez, Marlène.

« Louis Streisand est également décédé. Apparemment, c'est lui qui a actionné le levier pour que la rampe numéro cinq se ferme avant de terminer la manœuvre. Ce sur quoi il n'aurait pas dû compter, c'était la réaction rapide du pauvre capitaine Quiin. Il a mis le feu aux moteurs et a réussi à faire glisser le navire à l'intérieur. Mais dans le clash, lui aussi...

Jerry Kelly était silencieux et Marlene Power a continué à rapporter :

« Apparemment, l'un des moteurs a explosé. Le feu s'est propagé aux hangars et cette canaille...

« Pourquoi Louis Streisand ferait-il tout ça ?

« Nous ne pourrons plus jamais le savoir. Gassman ne sait pas pourquoi il a changé l'emballage, obligeant l'équipage à charger sur le navire du capitaine Quiin d'autres colis qui ne contenaient pas vos instruments.

« Alors... tu es toujours là, Marlene ?

La femme blonde sembla hésiter avant de rapporter :

« Non, Jerry... Gassman dit que pendant notre absence, un autre navire de la mère s'est approché avec l'ordre de les emmener.

"Wow ! Cela implique une collusion coordonnée. Ils nous envoient "Saturne XI", chargent d'autres colis sur le navire qui doit effectuer cette exploration, laissent mes instruments ici, et quand ils nous croient en enfer... d'autres viennent et emmenez-les !

" C'était ainsi, Jerry.

« Gassman vous l'a dit sur ordre de qui ?

« Par ordre du général Peter Masson.

"J'ai supposé!

« Tu vas te lever ?

"Oui, Marlène. J'ai trop de choses à faire pour rester ici ! Si tu sors un instant, je...

Une infirmière en blouse blanche s'est approchée, protestant également :

« Vous ne devez pas vous lever, monsieur Kelly. Le médecin a dit que vous...

« Je me sens bien, mademoiselle. Voulez-vous tous les deux quitter la pièce ?

Une demi-heure plus tard, au poste de commandement du « Saturn XI », Jerry Kelly a trouvé le vieil astrophysicien Walter Lehman, en train de parler avec son assistant Gassman.

Lehman avait son bras droit en écharpe, avec un bandage autour de la tête qui couvrait ses cheveux gris sauvages. Il ne se leva pas en le voyant entrer, mais il dit avec un demi-sourire :

« Enchanté de vous voir bien, Jerry. J'ai tout expliqué à Gassman.

Jerry Kelly a ressenti un certain inconfort dans son côté gauche, sans doute parce que son corps y a été touché lorsque le vaisseau spatial a explosé. Mais il tenta de s'oublier et, désignant l'interphone, voulut savoir :

« Avez-vous contacté le général Masson ?

« Non, Jerry... Je me suis souvenu de ce que tu as dit. Il est plus prudent d'agir seul !

« Je le célèbre, professeur. Je commence à soupçonner que le général Masson est impliqué dans tout ça.

" J'ai du mal à y croire, mon fils. Peter a toujours été un bon ami à moi !

« Oui... mais il l'a envoyé diriger une expédition qui était vouée à l'échec ! Et pas seulement cela, M. Lehman. Quelqu'un y a mis un engin criminel pour nous atomiser !

« Tout cela est inexplicable », dit Gassman.

« Les faits chantent. Avez-vous pris des mesures ?

Gassman avait déjà passé le commandement à son ancien patron, mais a répondu :

« Oui : la police de sécurité intérieure enquête.

« Avec des résultats ?

« Pas jusqu'à maintenant ; tout le personnel de l'entrepôt prétend que Louis Streisand leur a ordonné de charger leurs instruments sur le navire du capitaine Quiin. Mais apparemment, les colis en contenaient d'autres.

Jerry Kelly le regarda d'un air interrogateur pendant qu'il disait ;

« Cela ne fonctionnera pas, Gassman... Après avoir quitté le 'Saturn XI', un autre véhicule est arrivé ici du vaisseau-mère. Et ils sont venus avec l'ordre de prendre mes gadgets !

« C'est vrai, mais... que pouvais-je faire ?

« Au moins une chose. Cherchez pourquoi quelqu'un leur a rendu la monnaie !

L'air visiblement las, le vieux Walter Lehman intervint :

« Tu aurais pu en faire un autre, Gassman : nous avons prévenu.

"Hé ! Est-ce qu'ils vont maintenant m'accuser de quelque chose ? Je ne le savais pas...

La voix de Jerry Kelly commandait lors de la commande, voyant que Gassman commençait à se lever :

« Asseyez-vous ! Et si j'étais le professeur Lehman, j'ordonnerais qu'il soit détenu jusqu'à ce que ce désordre soit réglé.

"Arrête moi ?

« Oui, 'ami'... Toutes ces manipulations de chargement et de déchargement n'auraient pas pu se faire à votre insu. Il est très encombrant d'emballer plus de cinq tonnes de matériel, pour ne pas dire qu'il est pratiquement impossible d'avoir une petite bombe atomique comme celle que nous avons trouvée en "cadeau" sur le navire du capitaine Quiin. Avec le professeur Lehman qui vous a remis le commandement, "Saturne XI" était sous votre contrôle, et vous n'allez pas me dire que Louis Streisand avait accès au département secret où ces artefacts sont conservés, n'est-ce pas, Gassman ?

« Est-ce une accusation formelle ?

Prends-le comme tu veux. Vous avez toujours aspiré à pourvoir le poste du professeur Walter Lehman. Et c'était une excellente opportunité !

« La transmission du commandement venait d'un ordre supérieur. Le général Masson fit de même.

« C'est un autre problème que nous devrons régler.

« Envisagez-vous de sortir à nouveau de « Saturn XI » ?

De nouveau d'une voix fatiguée, Walter Lehman confirma :

" Nous le ferons, Gassman. Je ne vais pas éclaircir tout ça à la radio avec Peter. Je dois lui parler personnellement ! J'ai peur que toute cette conspiration vienne de quelque part et je veux savoir jusqu'où elle va. Il y a beaucoup de vies perdues et bien d'autres en jeu !

Gassman se leva finalement, brandissant déjà une arme à rayon "Lasser" qu'il avait fouillé astucieusement dans l'un des tiroirs de la table. Son visage parut transfiguré et il leur cria :

« Personne ne sortira d'ici !

« Gassman ! Alors... Jerry a raison ! Vous êtes dans le coup !

« Oui, vieux fou. Mais ils ne sauront jamais d'où viennent les tirs ! Avez-vous déjà pensé que vous aviez trop d'années pour profiter d'un poste comme celui que vous aviez ? A quoi aspirait-il ? Conquérir tout le système solaire ? C'était là quand la chose Mars et Jupiter. Maintenant c'est mon tour! J'ai travaillé dur pour que mon nom soit lié à celui de Saturne. Et ce programme, ce sera moi qui le porterai en avant !

« Vous êtes aveuglé par l'ambition, Gassman... Vous avez assassiné beaucoup de gens !

« Non ! Pas ça ! Louis Streisand a causé l'accident de la rampe.

« Avec votre consentement ! Devant tout le personnel du « Saturn XI » tu resterais aussi innocent. Vous nous avez permis de nous rapprocher... Mais de tomber dans ce piège !

"Il connaissait aussi le 'petit cadeau' que nous transportions sur le navire du capitaine Quiin", objecta Jerry Kelly.

" D'accord ! " J'ai fini par l'admettre. " C'est pourquoi je me fiche de quelques morts de plus.

Et que dira-t-il ? Qu'est-ce qui devait nous abattre avec ce "Lasser" là ?

"Je vais trouver quelque chose" convaincant. « Ne vous inquiétez pas, cher Jerry !

« Vous êtes un sale assassin, Gassman ! Pendant des années, je t'ai appris tout ce que je savais.

Gassman lança un regard noir au vieil homme, lui hurlant dessus :

"Oui ! Toujours comme une seconde ! Moi faisant tout le travail, portant tout sur ma tête, m'épuisant toujours pour que la gloire t'appartienne. Tu ne t'en rendais pas compte ?

" J'admets que je vous ai peut-être surmené, mais ce n'est pas une raison pour me détester autant, Gassman.

"Je ne te déteste pas, mec. Ça ne fait que gêner! Petit à petit il me déléguait ses fonctions et ça m'a habitué à la commande. Pourquoi ne pas le faire tout seul, sans son ombre? Toi? Je ne peux plus supporter les culottes, M. Lehman ! Je l'ai dit à tout le monde comme ça !

« Est-ce à cause de l'ordre de Peter Masson ? Avez-vous dit au général qu'il ne pouvait plus commander ici ?

« Exactement, mon vieux ! Tu t'inquiétais des interphones ? J'ai aussi parlé à la Terre de ces investigations acoustiques que ton bon ami Jerry t'a fait accepter de faire ici. Cast.,. C'est précisément ce qui m'a fait ouvrir les yeux ! abus : le Wilder Institute devrait être au courant. Ce centre porte toute la programmation de Saturne et ...

« Allez ! A exhorté Jerry Kelly, si vivement intéressé qu'il a oublié la menace de mort qui pèse sur eux.

Mais Gassman eut un sourire en coin tandis qu'il gloussait :

"Ah, non, ami ! Je lui ai dit que j'irais en enfer sans rien savoir. Tu ne seras pas celui qui fera parler "La Voix de l'Univers" ! Ce sera un autre !
!

Et la main meurtrière qui brandissait l'arme mortelle visait sa première victime.

Jerry Kelly ne doutait pas qu'à ce moment-là, il allait mourir.

CHAPITRE VIII

C'est pourquoi il pensait que s'il mourait, il valait mieux le faire en se battant.

Il fléchit fortement les jambes, se jetant en travers de la table vers son rival, qui à son tour s'élança lui aussi vers l'action. Le faisceau "Lasser" tiré de l'arme avec un clic qui a brièvement illuminé le bureau. Le faisceau de lumière alla directement à l'endroit où Jerry Kelly s'était trouvé quelques secondes plus tôt ; mais là, il ne trébucha pas sur le corps de l'homme pour le transpercer, le brûlant de son pouvoir mortel.

Gassman fut saisi par le cou alors qu'une autre patte de fer appuyait sur le poignet de la main armée. Un second clic annonça un autre jet de lumière mortelle, mais cette fois encore le Lasser frappa le plafond, aussi métallique que le sol.

Il y laissa sa marque, tandis que les doigts de la main droite de Jerry Kelly s'enfonçaient de plus en plus bas, un désespoir fou dans sa gorge. Poussé par sa frénésie, toujours désireux de neutraliser un ennemi aussi dangereux, il ne se rendit pas compte que Gassman ne se débattait plus et lâchait l'arme. Ils avaient roulé sur le sol du bureau, en un amas confus de corps, de jambes et de bras.

Lorsqu'il retira sa main, il comprit ce qu'il avait fait.

Ce meurtrier fou et ambitieux ne vivait plus. Jerry Kelly l'avait étranglé en le brisant avec la formidable pression de ses doigts, en laissant tomber tout son poids sur lui, les minuscules os de sa gorge.

Walter Lehman se pencha sur l'homme qui avait été son principal assistant en murmurant :

« Il l'a mérité, Jerry... Tu n'as pas à être désolé de l'avoir tué.

« La seule chose que je ressens, c'est que je ne peux pas dire plus de choses. Mais je ne pouvais pas arrêter de serrer! Il avait cette arme à la main et vous savez ce qui aurait pu arriver si l'un de nous avait été touché.

Le vieil astrophysicien baissa les yeux sur le sol, où le métal avait fondu comme du beurre sous le puissant faisceau de Lasser. Au plafond, il y avait aussi un autre signe similaire et faisant des signes affirmatifs avec la tête bandée encore chuchoté :

« Attention, nous, les hommes, inventons des choses ! Et beaucoup d'entre eux pour le mal !

Il fit le tour de la table renversée, appuya sur un bouton, et alors que le visage de l'infirmière de service apparaissait sur l'écran du visophone, Walter Lehman ordonna :

" Dites au Dr Matthaus de venir, mademoiselle. Ah ! Et avec deux infirmières et une civière.

« Oui, professeur Lehman.

La communication a été coupée et l'astrophysicien a demandé au jeune homme que je l'observais :

« Peux-tu faire le voyage avec moi, Jerry ?

« Oui, professeur. Je n'ai subi que quelques bosses et contusions. Quand partirons-nous pour le vaisseau-mère ?

« Le plus tôt sera le mieux. Rabio pour avoir rencontré Peter Masson !

* * *

Le satellite artificiel "Saturne XI" était une boîte d'allumettes par rapport aux dimensions gigantesques du vaisseau-mère.

Il était en service actif depuis plus de douze ans et n'avait subi aucune panne mineure. Tous ses mécanismes compliqués fonctionnaient parfaitement : ses constructeurs pouvaient être satisfaits.

Et fière d'avoir créé cette merveille mécanique, un monde artificiel qui voyageait d'une planète à l'autre, telle une véritable infirmière capable de nourrir d'innombrables « ventouses » situées dans les orbites les plus lointaines et capricieuses.

Le Wilder Institute avait acquis une renommée méritée, après le financement et la construction de cette gigantesque station spatiale mobile, capable d'accueillir plus de cinq mille êtres humains, qui à son tour desservait cinquante vaisseaux spatiaux chargés de distribuer les fournitures nécessaires à travers le monde. Système solaire.

Le vaisseau-mère était le centre d'une toile d'araignée invisible tendue dans l'espace, où les allées et venues des vaisseaux qui partaient ou arrivaient à lui tressaient les fils des voyages interplanétaires, dans une constante

tissage et détissage de ces communications sidérales des hommes.

Les cerveaux électroniques les plus modernes ont programmé, sans un seul défaut, ces transferts des vaisseaux spatiaux d'un endroit à un autre. Pas le moindre détail n'a été laissé au hasard, tout fonctionnant au dixième de seconde, contrôlé par leurs horloges atomiques. À tout moment, vous saviez ce qui allait se passer : dans le vaisseau-mère, il ne pouvait y avoir aucune erreur, aucune faute, pas la moindre erreur. Une telle chose signifierait qu'un navire se précipitant vers elle ne la trouverait pas au bon endroit. Ou l'inverse : que ceux qui partaient de leurs rampes de lancement devaient faire des tournées improvisées.

Et il n'y a pas eu d'improvisation du tout.

Les hommes de son équipage s'étaient transformés en machines.

Des machines humaines qui n'avaient plus leur opinion, car les autres machines créées par lui les leur imposaient. Ordinateurs, cerveaux électroniques, appareils créés par la cybernétique la plus moderne et la plus compliquée.

La cybernétique est avant tout une science logique, dans la mesure où elle analyse rationnellement ce que veut dire gouverner, sans se poser la question de savoir qui gouverne ou comment elle est gouvernée, puisque la fonction de gouverner, de réguler, peut être assurée par des machines. , à condition qu'ils soient capables de saisir des informations sur l'état d'un système et de préparer, sur la base des informations reçues, des ordres qui régissent l'orientation ultérieure du système. Sur ce plan, elle permet une vaste classification théorique des systèmes et des machines, telle que l'homme n'en avait jamais entrepris dans son passé.

La cybernétique est aussi le point d'appariement d'applications importantes, puisque ses conclusions dérivent la possibilité de construire toutes sortes de machines gouvernantes et régulatrices, facilitant ainsi les tâches de l'homme à l'infini.

Sur la technique des automatismes, la cybernétique a été présentée comme une science de carrefour pour ses propres créateurs, développant des notions générales par rapport aux mécanismes capables de gouverner et de réguler toutes les fonctions nécessaires. Cette approche a constitué le point de départ d'un vaste mouvement, qui pourrait en venir à supposer une véritable révolution intellectuelle, qui inclurait l'analyse logique des fonctions des êtres supérieurs et des processus qui permettent de les reproduire artificiellement.

Dès lors, certains cybernétiques célèbres pensaient que les phénomènes sociaux, dans la mesure où ils résultent de l'échange d'informations, pouvaient être étudiés à l'aide des méthodes de la cybernétique, ce qui permettrait d'entrevoir, dans une perspective d'anticipation audacieuse, l'image d'une société humaine possible gouvernée par des machines à penser et à gouverner.

Des machines qui n'avaient pas un seul défaut.

Le général Peter Masson lui-même a été soumis à cette discipline de fer imposée par les machines, il n'est donc pas sorti de son étonnement lorsque depuis le poste de contrôle ils ont annoncé qu'un vaisseau spatial s'approchait d'eux, dont le voyage n'avait pas été programmé.

Il a été perplexe pendant un moment avant de commander
"Identifiez-vous.

" Vous l'avez déjà fait, général Masson.

D'où est ce que ça vient? Est-ce une urgence ?

« Cela vient de 'Saturne XI', monsieur. Apparemment, son ami, le professeur Walter Lehman, y entre.

« Impossible ! Walter doit être près des anneaux de Saturne maintenant. Une mission vous a été confiée !

« Voulez-vous venir vous-même à la salle de contrôle, monsieur ? « Un de ses assistants l'a invité.

Avec sa démarche rigide de pas vifs et élastiques, le massif général Peter Masson se laissa porter par les bandes coulissantes installées dans tous les couloirs. Il n'a utilisé ses propres énergies que lorsque c'était absolument nécessaire et une fois dans la salle de contrôle, il a vérifié ce qu'on lui avait dit.

Il s'adressa directement à Walter Lehman, mais pas un seul mot amical ne s'échappa de ses lèvres devant cette situation inhabituelle. Peter Masson suivait toujours les règles et la lecture de l'horaire de ce jour n'indiquait en rien l'arrivée inattendue de ce navire.

Enfin, il se détourna de l'interphone pour faire face à un gigantesque écran radar, où de faibles points lumineux indiquaient le trafic spatial dans une zone de vingt millions de kilomètres. Avant leurs manipulations, les ordinateurs ont commencé à fonctionner, en lançant des données, des chiffres, des distances, des horaires et toutes les opérations que le vaisseau-mère aurait à effectuer dans les trois prochains jours. Les petites cartes étaient « balayées » par une main mécanique qui les soumettait à son tour à une synthèse de données.

Peter Masson lut les chiffres et se tournant vers l'un des assistants annonça :

« Dites-leur qu'ils ne pourront pas entrer dans le vaisseau-mère avant 77 heures, 55 minutes et 26 secondes. Jusque-là, toutes les commandes sont automatisées et aucune des rampes d'atterrissage ne fonctionnerait pour les recevoir.

"Eh bien monsieur.

« Autre chose : ils doivent parcourir environ six mille milles pour ne pas interrompre les autres entrées et sorties programmées. Même l'interphone sera coupé avec ce vaisseau. Nous ne pouvons pas nous permettre de modifier notre programmation pour eux une seule minute !

Puis, comme un luxe en lui, il réfléchit tranquillement avant de regagner son bureau.

« Désolé ! Dites-le au professeur Lehman.

"Oui monsieur.

* * *

Walter Lehman regarda ses amis avec découragement, s'exclamant en résumé :

"C'est ça!

Jerry Kelly sentit les doigts de Marlene Power serrer sa main, tombant le long de son corps. Ils formaient un cercle devant le vieil astrophysicien qui, avec sa tête bandée et même son bras en écharpe, montrait chaque jour des signes d'épuisement.

Billy Laughton a rompu le silence en mettant en garde, rappelant à ses amis :

« Nous n'avons d'oxygène que pour trois jours de plus, professeur. Si vous dites que nous devons rester en orbite pendant environ 80 heures, en calculant le temps des manœuvres, ils me diront ce que nous allons respirer dans ces 8 heures restantes.

" J'y ai déjà pensé, Billy, dit le vieil homme. Et il ne nous reste qu'une solution.

" Oui, bien sûr, professeur. Jetez certains d'entre nous par l'écoutille ! Pour moi, nous pouvons le jeter à la chance.

Billy Laughton a trouvé que le regard de Jerry Kelly n'acceptait pas cette blague. Instantanément, il comprit pourquoi son ami réagissait si sérieusement lorsqu'il entendit le vieil astrophysicien dire :

"Je ne vaux plus grand chose et je pourrais...

« S'il vous plaît, professeur Lehman ! Il y a encore une autre solution », lui coupa la jeune fille blonde.

Tous les yeux étaient braqués sur Marlene Power, qui à son tour les observait un par un comme elle proposait :

"Hibernation ! J'ai entendu dire qu'il y a quelques années, tout un équipage a été sauvé en réglant les commandes automatiques de son navire et en s'y soumettant volontairement. C'est un état physique dans lequel on ne respire pas et...

« Ne parle plus, Marlène ! Jerry a décidé pour tout le monde.

« On peut tirer au sort pour ça ! « Billy Laughton a encore insisté. Du moins, je n'aime pas du tout rester coincé comme un cadavre dans une urne en verre. Qu'en penses-tu?

Le commandant du navire était présent et a rompu son silence en annonçant :

« Je parlerai aux hommes de mon équipage. Je pense que je pourrai me passer de certains d'entre eux et ainsi nous aurons plus d'oxygène.

Ce n'est qu'en quittant la cabine qu'il protesta, visiblement bouleversé :

« Je ne sais pas quand ils vont installer une régénération constante d'oxygène sur ces navires ! Il est temps de vous décider !

C'était l'un des nombreux problèmes techniques à résoudre, du moins pour les vaisseaux spatiaux normaux.

L'homme avait accompli beaucoup de choses. Mais il avait encore tant à accomplir.

C'est votre tâche constante, qui ne finit jamais.

Peut-être parce que les lois constantes de la vie l'exigent.

CHAPITRE IX

Le général Peter Masson écouta en silence Walter Lehman, sans l'interrompre une seule fois.

Seulement à la fin de sa longue histoire, le chef du vaisseau-mère a nié :

« Ici, nous ne savons rien de ce navire dont Gassman lui a dit qu'il était en mon nom à la recherche de ces instruments acoustiques.

Le vieil astrophysicien s'enquit perplexe :

« Comment dis-tu, Pierre ?

"Tu m'entends! Vous connaissez mes ordres précis : ils étaient que vous deviez, avec Jerry Kelly, Billy Laughton, Ramy Piccole, Michel Sauet, Arthur Hadmond et Marlene Power, explorer les anneaux de Saturne. J'ai inclus que Roger Armstrong et ceux qui l'accompagnaient, qui composaient la Commission d'enquête, devraient vous accompagner dans le vaisseau spatial du capitaine Marty Quiin. C'était ça!

Sortant de son silence, Jerry Kelly a osé intervenir :

« Alors mes précieux instruments... Ils ont été volés !

" Je ne peux pas vous assurer, jeune homme, répondit le général Masson. Je n'ai pas non plus de nouvelles d'un vaisseau allant vers "Saturne XI" après votre départ.

"Gassman l'a fait", se souvient Walter Lehman.

"D'après ce qu'il nous a dit, Gassman avait également des communications directes avec la Terre", a rétorqué l'ingénieur acoustique.

"Tout cela est secondaire, Jerry" demanda patiemment le vieil homme blessé.

Il regarda à nouveau directement son ami Peter Mason et voulut savoir, le pressant :

« Pourquoi nous as-tu envoyés sur les anneaux, Peter ?

« J'ai reçu la commande du Wilder Institute. Ils ont dit que cette exploration était incluse dans la programmation de Saturne.

"C'est vrai ! Mais pourquoi précisément moi, nous ? Je veux dire Jerry, Marlene, Billy, Arthur... Nous tous qui, d'une manière ou d'une autre, avions collaboré à ces investigations acoustiques !

« Vous savez très bien que je ne demande jamais pourquoi les commandes que je reçois. Je me limite à les remplir.

« Je sais, Peter. Je sais ! Petit à petit tu es devenu : un automate.

«Pour être en charge d'un poste comme le mien, je dois le faire de cette façon.

« Et les sentiments ne comptent pas pour toi ?

« Tu n'as rien à me reprocher, Walter ! J'avoue que j'ai ressenti une grande tristesse en voyant que vous faisiez partie de ceux qui devaient mener cette exploration risquée, mais que pourrais-je faire si votre nomination venait du Wilder Institute lui-même ?

« Excusez-moi, monsieur... » s'opposa à nouveau Jerry, « Voulez-vous dire que c'était sur Terre, à l'Institut Wilder lui-même, où ils nous ont tous choisis pour cette mission ?

Face à lui avec un certain dégoût, le général Masson confirme :

« Bien sûr, jeune homme ! Ne pensez pas que c'était moi !

Jerry Kelly a semblé l'oublier pour regarder ses amis lorsqu'il s'est exclamé :

« Nous aurions dû deviner ! C'est au Wilder Institute qu'il doit y avoir quelqu'un qui s'intéresse à ce que je ne puisse pas finir mes expériences. C'est là qu'ils ne veulent pas entendre "La voix de l'Univers".

« La voix de l'Univers ? répéta le général Masson presque comme un écho.

"Nous lui avons donné ce nom," l'informa Jerry. Le plus approprié, car un jour ce sera une réalité. Bien qu'ils souhaitent interrompre mon travail !

« Il est absurde de penser que le Wilder Institute veuille entraver ses travaux, alors que tout le monde sait qu'il sponsorise les recherches les plus audacieuses. M. Wilder lui-même est amoureux de la science.

" Je sais, général Masson, acquiesça Jerry. Mais il y a beaucoup de gens et beaucoup de hauts fonctionnaires là-bas. Et mon coeur me dit que les coups bas viennent de là !

"Nous allons découvrir! "Le vieil astrophysicien a promis chaleureusement." Dès que Peter nous fournira un de ses vaisseaux, nous retournerons sur Terre.

Le général Peter Masson sembla remettre son masque d'homme rigide et hermétique, répondant sèchement au vieil ami :

« Ne vous attendez pas à ce que je fasse ça, Walter. Tout est programmé ici !

« Je sais... Mais c'est toi qui fais cette programmation !

« Vous vous attendez à ce que je modifie tout le système ?

« Ce que j'espère, c'est que les crimes ne restent pas impunis, mon ami. Plus d'une vingtaine d'hommes sont morts et plus d'une trentaine sont toujours blessés sur le "Saturne XI". Beaucoup d'entre eux ne pourront pas se sauver : ils subissent de graves blessures et brûlures.

Jerry Kelly intervint à nouveau, à l'appui du professeur âgé :

« D'ailleurs, général Masson, il faut démasquer qui tire les ficelles de ce complot. Nul doute qu'il doit être très puissant pour pouvoir tirer les ficelles, à plus d'un milliard de kilomètres de la Terre, avec des hommes ambitieux comme Gassman, Louis Streisand et d'autres qui attendent peut-être de frapper leurs coups bas.

"Oui, jeune. C'est vrai! L'espace doit être exempt de crime et de faible intérêt. Ce n'est qu'ainsi, avec un travail constant plein de droiture, que nous pourrons le conquérir complètement un jour.

Il s'arrêta, regarda le vieil ami, et ses traits devinrent moins rigides alors qu'il continuait :

«Mais ils devront attendre que je fasse mes calculs. Je ne peux pas et ne dois pas modifier le mouvement des entrées et des sorties comme ça ! S'il le faisait, il n'y aurait personne ici pour se comprendre. Comprenez que j'ai beaucoup de responsabilités sur mes épaules ! Les équipages de tous

les vaisseaux spatiaux qui, dans leur va-et-vient incessant, ont...

"N'essaye pas plus fort, Peter" supplia son ami. Nous vous entreprenons et nous saurons attendre.

* * *

En observant l'agitation depuis l'une des allées qui menaient à un long couloir, Marlene Power s'est exclamée :

« Ils ressemblent à des fourmis !

Jerry Kelly a également regardé les hommes et les femmes dérivant le long des tapis roulants le long de l'allée, confirmant :

« Oui, Marlene : ils ont une journée de travail de quatre heures, selon les quarts de travail. Mais ils travaillent dur !

« Voudriez-vous être en poste ici, Jerry ?

"Psch! J'ai vu de jolis visages, mais...

" Oh! " Elle a protesté, feignant la colère. " A part ça, mec.

" Eh bien non, le général Masson est un homme très rigide. Trop pour mon caractère !

« Tout le monde parle de lui en bien.

«Je suppose qu'il doit être un bon patron. À vrai dire, je pense que la Terre me manque déjà. Dans tout le système solaire, il n'y a rien de tel que notre ancienne mais bien-aimée planète !

« Je pense de cette façon aussi, Jerry. L'espace me semble froid, sans paysage et, en quelque sorte, monotone.

« Nous sommes des créatures terrestres, Marlene. Notre environnement naturel nous manquera forcément.

"C'est vrai ! J'ai toujours été horrifié à l'idée d'avoir un enfant en dehors de la Terre. Je ne sais pas, mais... Ceux qui sont nés comme ça, je pense qu'ils sont très différents de nous.

Jerry Kelly s'appuya contre la rambarde, marmonnant sans regarder la femme :

« Y a-t-il eu la possibilité de vous marier, alors que vous étiez destiné sur « Saturn XI » ?

Croyez-le ou non, oui. J'ai été courtisé par beaucoup d'hommes !

"C'est naturel. Tu étais la plus jolie là-bas.

« Dois-je le prendre comme un compliment, ou le pensez-vous vraiment ? dit la femme, encore plus coquettement.

Jerry Kelly s'est défendu en répondant :

« J'ai dit là-bas, pas ici.

Amusé, il la vit bouder de dégoût, se cramponner du haut de la balustrade qui surplombait ce couloir :

« Regarde cette brune ! Elle est très mignonne!

« Fils, avec ces uniformes en minijupes que tu portes, n'importe quelle femme est attirante. Je ne sais pas comment le général Masson leur permet de...

« Vous n'aimez pas ça ?

"Oh non ! Recréez la vue autant que vous voulez, espèce de coquin ! Pour moi...

La femme blonde a voulu changer la conversation, s'informant comme distraite :

« Quand pensez-vous que le général Masson nous autorisera à partir ?

"Cela dépend de son emploi du temps heureux. Il ne fait rien sans d'abord consulter leurs ordinateurs.

Jerry Kelly était toujours penché par-dessus la balustrade, mais il tourna la tête à la sensation de sa main sur son épaule. Les grands yeux bleus de Marlene Power semblaient tristes lorsqu'elle a demandé, avec un nouveau changement de ton :

« N'as-tu pas peur qu'en arrivant sur Terre, quelque chose t'arrive, Jerry ?

« Nous étions plus à risque sur le 'Saturne XI', dans le navire de ce pauvre capitaine Quiin, et c'est possible ici.

"Mais je pense que si quelqu'un est très intéressé par le foot, ne continuez pas vos investigations, là...

« Calme-toi, Marlène, tout cela doit être clarifié une bonne fois pour toutes. Et sur Terre, nous pouvons le faire. Les autorités devront entendre le rapport du professeur Lehman.

"Mais il... il...

« Il m'a dit qu'à son âge, cela ne le dérangeait pas de perdre son poste. Il est déjà très fatigué ! Et quant au matériel qu'il m'a permis d'utiliser... Je ne pense pas qu'ils le poursuivront pour ça !

« Au fait... Où pensez-vous que seront tous les gadgets que nous avons réussi à construire ? Qui les aura élevés ?

« Avec Louis Streisand et Gassman morts, il sera très difficile de le savoir. Mais peut-être que nous le ferons aussi. Ou nous en construirons d'autres !

Marlene Power a fini par sourire en disant :

« Tu es un excellent ami, Jerry. Vous êtes toujours câlin. J'aime les hommes qui n'abandonnent jamais !

Il prit ses mains féminines dans les siennes, fouillant ses beaux yeux bleus en répondant :

« Et j'aime les jolies blondes comme toi, Marlene. Je ne t'ai jamais dit que tu étais dangereusement attirante ?

« Moi... ? protesta-t-elle, bien qu'amusée.

« Oui, vous... incroyablement suggestif !

"Ne fais pas de blagues. Je sais pertinemment que tu es toujours amoureux d'une femme.

Ce fut à son tour de le surprendre, en le niant presque.

"Moi...?

"Oui, vous..." corrigea-t-elle, avec le même ton de voix que Jerry Kelly avait utilisé auparavant. Et elle s'appelle Fanny Wilder.

Jerry Kelly a encore crié de regarder à nouveau les allées et venues des hommes et des femmes postés sur le vaisseau-mère. Il se tut avant de demander, avec une légère transition dans la voix :

"Qui t'as dit ça?

« Un jour, j'ai parlé de vous au professeur Lehman. Je sais que vous avez postulé pour un poste sur "Saturne XI" parce que vous étiez en colère contre cette femme.

« Ce n'est pas vrai, Marlène. Je l'ai fait parce que je voulais continuer mes recherches acoustiques et cela m'a semblé être une excellente plateforme. Par contre... j'en avais marre de présenter mes projets sur de nombreux sites, sans aucun résultat ! Partout on me disait que j'étais fou. Aussi fou que mon père !

Marlene Power s'est également penchée sur la balustrade, perdant son regard au bout du couloir à ses pieds alors qu'elle encourageait :

« Je ne pense pas que tu sois fou, Jerry... Au contraire !

Merci Marlène. Tu es un bon ami!

Et les deux se taisaient.

CHAPITRE X

Sur la plate-forme de décollage, tenant la main du général Peter Masson dans la sienne, Walter Lehman insiste :

« Est-ce essentiel, Peter ?

« C'est. Absolument essentiel, Walter ! Et vous ne devriez même pas le savoir.

« Oui... Mais nous aimerions arriver sur Terre, sans nos noms sur la liste des passagers.

« Vous n'y allez pas en tant que passagers. Je vous ai inclus dans l'équipage de ce navire.

« C'est la même chose. J'ai peur qu'avant notre arrivée, « quelqu'un » sache pourquoi nous revenons et que cela puisse nous causer une « surprise »... Et désagréable !

« Arrête de penser à un complot, Walter. Le Wilder Institute ne se souciait que d'une chose : tout le matériel que vous permettiez à ce jeune homme d'utiliser pour installer son coûteux laboratoire. C'était quand ils ont mis le veto. Rien de plus!

« Je n'y peux rien, Peter. Je pense comme Jerry. Une chose est liée à une autre.

« Mais ce que vous me demandez n'est pas possible. Vous ne pouvez pas entrer ou sortir de la Terre sans vous identifier ! Où finirions-nous ? Quel contrôle peut-on avoir ainsi ? Et je suis responsable de tout le personnel qui arrive ou sort d'ici. Je diffuserai votre départ et je pense qu'il ne vous arrivera rien de mal à votre arrivée. Tu verras!

« Dieu vous entende, Peter ! Je vous souhaite la meilleure des chances dans votre position.

« Tu sais que je ne crois pas à la chance, parce que tu me connais très bien. Dans cette vie, il n'y a pas de récompenses ou de punitions qui ne soient pas une conséquence des résultats. Ce que j'appelle logiquement les conséquences.

« Quoi qu'il en soit, prends conseil auprès de quelqu'un qui est plus âgé que toi et qui t'aime bien, Peter. Ne vous laissez pas trop gouverner par la cybernétique aussi ! Ne soyez jamais une machine !

Peter Masson sourit amicalement à son tour, recommandant :

« Et vous arrêtez d'être un pur sentimental. Maintenant, vous avez ces charges sur vous ! Si ces instruments coûteux sont introuvables, je crains que vous n'ayez à en payer le prix d'une manière ou d'une autre.

« Je n'ai pas de fortune personnelle. Je ne me suis jamais soucié d'une chose aussi insignifiante. S'ils se trompent, je le paierai avec des jours de prison.

« Ne sois pas stupide ! Le sage astrophysicien Walter Lehman, qui oserait le poursuivre ? Tu vas subir, oui, une sérieuse réprimande. Mais rien d'autre ! Tu fais partie de ceux qui ont conquis pour tout le monde d'immenses horizons et de grandes possibilités. Tu dois déjà monter, Walter. L'horaire est fixé pour...

« Je sais ! Je sais ! Et les ordinateurs froids ne donnent pas une seconde en cadeau. Au revoir, mon bon ami !

« Bonne chance, Walter !

* * *

D'une certaine manière, c'était agréable de ressentir la sensation de retourner sur la planète où vous êtes né.

La Terre ancienne et usée, minuscule par rapport aux autres planètes du système solaire, ne pouvait rivaliser même en beauté. Vu de l'espace, il était bleu : étrangement bleu, sans explication possible pour les profanes.

Mais sympathique et accueillant.

Là, des milliards d'êtres vivaient et travaillaient, rêvant d'atteindre un jour les étoiles lointaines. Mais c'était un rêve collectif plutôt qu'individuel. Un rêve pour démontrer leur puissance, leur ingéniosité et la capacité de leur technologie et de leur science en tant que race d'êtres supérieurs, puisque la plupart d'entre eux s'accrochaient à la planète épuisée souhaitant y finir leurs jours.

Pourquoi ?

La raison en était simple : ils étaient nés sur Terre, cette planète était leur première habitation et ils en ressentaient l'attraction.

Au milieu de la route, le commandant du vaisseau spatial est apparu lors d'un des repas devant eux et les a informés, regardant directement le vieux Walter Lehman :

« J'ai reçu un message. Nous ne recherchons plus une cargaison d'uranium vers l'Alaska. Je vais devoir atterrir au Sahara, au World Research Center.

Avant de laisser le temps à l'astrophysicien de dire quelque chose avec véhémence, Jerry Kelly a voulu savoir :

« Savez-vous pourquoi ce changement est dû, commandant ?

« .

Il faisait référence à Walter Lehman, Jerry Kelly, Billy Laughton et la femme blonde nommée Marlene Power.

« Laissez-moi deviner, commandant » a demandé Jerry. Peut-être que la commande vient du Wilder Institute ?

"Vous avez bien compris ! Il semble que je dois les y emmener.

L'air résigné, Walter Lehman soupira :

« Adieu la truite ! Je ne pourrai plus pêcher au Canada.

"Nous devrons chasser les homards dans le désert", a déclaré Billy Laughton.

« Cela fait longtemps que vous êtes absent de la Terre ? « Je voulais connaître le commandant du navire.

« Joli. Au moins moi ! dit le vieil homme.

« Eh bien, ils vont trouver beaucoup de changements. Aujourd'hui, le pont qui relie San Francisco à Tokyo et un autre qui va du Chili à l'Australie est terminé. Un canal d'une centaine de kilomètres de large traverse l'Afrique du Nord au Sud, divisant presque le continent en deux. Le grand désert a cessé d'être pour devenir un véritable verger.

C'est pourquoi le World Research Center y a été installé. Il a une superficie plus grande que la France : environ 600 000 kilomètres carrés, avec des bâtiments d'environ sept cents étages. Il y a environ deux millions de scientifiques de toutes les branches de la connaissance humaine, bien que ...

« Je suppose encore ? » Jerry Kelly voulait jouer.

« Je vais vous le dire, mon ami. Ils sont comme des prisonniers !

« Je l'ai deviné, commandant !

"C'était facile", a minimisé l'astronaute. Vous devez avoir fait quelque chose de très "gros". Encore une fois, j'ai dû y emmener des sages atomiques. C'est pourquoi je le sais, même si bien sûr c'est "assuré". Pas à l'intérieur des murs.

« Ah, mais ce centre est-il entouré de murs ?

"C'est vrai, mon ami", a répondu le commandant, à la question moqueuse de Billy Laughton. Ils y vivent tous, comme dans une nation séparée. D'une manière ou d'une autre, ils doivent payer pour leurs crimes... Heureusement, ils n'ont pas été envoyés sur les canaux de Mars ! Ceci est l'enfer!

« Le connaissez-vous aussi ?

« Oui... je suis né là-bas.

"J'aurais dû deviner" répéta Jerry.

"Pourquoi?

« Tu as un peu la peau verdâtre, mon ami. C'est caractéristique !

Le commandant du vaisseau spatial se dirigea vers la porte de la cabine, décida de les laisser continuer à manger et, déjà à la porte, regardant Jerry Kelly, marmonna avec un certain reproche dans la voix :

"Très drôle ! Vous êtes très observateur.

Lorsqu'ils étaient seuls, l'index droit de Marlene Power s'est posé sur le visage de Jerry, comme pour lui rappeler :

« Je te l'ai dit, Jerry. Rien de bon ne nous attend sur Terre !

-Et dans le « Saturne XI » qu'est-ce qui nous attendait ? On a bien fait, Marlene. Au moins, si à notre arrivée nous restons dans ce Centre mondial de recherche, nous vivrons. Tandis que...

"Jerry a raison, mon garçon" intervint Walter Lehman. A part ça, je suppose que quelqu'un va nous écouter. Nous avons peut-être commis un crime en utilisant des machines et du matériel de manière inappropriée. Mais nous avons été témoins de plusieurs crimes !

Billy Laughton regarda le vieil homme qui avait été son patron sur le satellite autour de la planète Saturne et voulut vérifier :

« Je suppose que vous aurez des amis puissants et influents, n'est-ce pas, professeur ?

« Je les ai, Billy ! Et ils m'écouteront !

"Eh bien: je ne pense pas qu'ils vont nous couper la tête" termina le raisonnement de l'ingénieur électrodynamique.

"Ils ne le feront pas, Billy," le rassura Jerry. Je suis désolé de t'avoir entraîné dans tout ça.

"C'est idiot ! " protesta le vieil homme. " Votre invention sera un jour une réalité et ce qui nous arrive n'est rien d'autre que le tribut que nous devons payer pour y parvenir. Chaque progrès scientifique a coûté le sien en effort et même en sacrifice .

Puis il voulut arrêter de s'inquiéter et demanda joyeusement :

« Qui est prêt à mesurer sa force avec moi aux échecs ?

Marlene Power saisit la noble intention du vieil homme et accepta :

« Yo, professeur Lehman ! Et aujourd'hui je vais le mater ! Plus sinistre, Billy Laughton grogna, allongé sur le canapé encastré dans la paroi de la cabine :

« Ils vont nous mater ! Regardez ce qui nous envoie dans le désert ! Beurk !

CHAPITRE XI

Le véhicule volait matériellement sur la large autoroute.

Il n'avait pas de roues. Il glissait sur une couche d'air à une dizaine de centimètres du sol, sa plate-forme constituée d'un matelas pneumatique en plastique ionisé, qui permettait aux gaz de propulsion de s'échapper, sans le moindre bruit dans son glissement rapide.

A l'astrodrome où ils avaient atterri, une escorte d'une vingtaine de soldats les attendait déjà, vêtus d'uniformes blancs comme neige et bien armés de carabines laser. Celui qui ressemblait au patron avait pris les devants et dès qu'ils étaient descendus par l'écoutille, il avait récité leurs noms, puis avait indiqué qu'ils voudraient bien monter dans ce véhicule.

Il fallait obéir, bien que le professeur Walter Lehman ait demandé :

« Je souhaite appeler Washington, lieutenant.

« Vous le ferez au World Research Center, professeur. Il n'y en a pas moins qui vous attend que M. Charles Wilder.

Ils étaient tous stupéfaits, échangeant des regards muets entre eux. Jerry Kelly a rappelé la chaleur, la sympathie et l'amitié qui l'avaient amené à l'homme qui était proche d'être son beau-père, rassurant ses amis :

« Je vais parler à M. Wilder. C'était un grand ami de mon père et il m'a aussi beaucoup apprécié.

« Il vous attend peut-être... avec sa fille » a commenté Marlene Power.

Pendant le trajet, ils parlèrent peu, absorbés par le panorama qui s'étendait devant eux. Ils ne pouvaient pas croire que c'était la même région qui pendant des siècles et des siècles avait été le vaste désert du Sahara.

Cependant, il était vrai que le miracle de la science et de la technologie avait transformé dix millions de kilomètres carrés en un véritable verger, où la couleur prédominante n'était pas le jaune des dunes de sable brûlées, mais le vert de la luxuriante végétation printanière.

Ils distinguèrent enfin les premiers bâtiments de métal, d'acier et de verre et aux formes architecturales audacieuses, du World Research Center, dressant leurs dômes vers le ciel sur des hauteurs dépassant le kilomètre.

"C'est fantastique ! s'est exclamé Billy Laughton.

"C'est encore une prison gigantesque", a déclaré la femme.

Entendant ses commentaires, le chef de l'escorte a déclaré :

« Vous vous trompez, mademoiselle. Beaucoup de ceux qui y vivent sont plus heureux que ceux qui sont libres.

Ces murs entourent six cent mille kilomètres carrés. C'est toute une nation !

Oui, une nation. Mais des esclaves ! « Marlene Power a fait remarquer.

« Voilà, vous avez tout, mademoiselle. La seule chose qu'ils ne peuvent pas faire, c'est sortir.

" Et sur l'ordre de qui nous retenez-vous là-bas, lieutenant ? Jerry Kelly voulait savoir.

« L'ordre m'a été donné par mon supérieur. Capitaine Kraskessy. Je ne sais plus!

Ils savaient ce qui les attendait et ne furent pas surpris de voir le véhicule roulant à grande vitesse s'arrêter au contrôle d'une des portes d'entrée. Ces hommes portaient également des uniformes très blancs, tout comme ceux de leur escorte.

La procédure est simple, même si les vingt hommes de l'escorte sont laissés à l'extérieur et les cinq détenus sont pris en charge par autant de militaires qui les conduisent dans un bâtiment majestueux, aux allures d'hôtel de premier ordre.

"Je demanderai la chambre nuptiale de la suite", a plaisanté Billy Laughton.

Mais là où ils furent emmenés, il se rendit dans une pièce où peu de temps après, après que les nouveaux soldats eurent été laissés dehors, une épaisse fumée verdâtre commença à sortir de divers orifices. Le vieux Walter Lehman était assis par terre avec résignation, comme s'il voulait s'y laisser mourir. Billy Laughton se mit à courir de mur en mur, frappant inutilement la porte hermétiquement fermée.

Jerry Kelly a cherché dans l'épaisse fumée les yeux de Marlene Power et les deux se sont instinctivement serrés l'un contre l'autre.

Au moins ils mourraient avec l'agréable sensation d'avouer leur amour.

* * *

Charles Wilder était un homme de grande taille, extrêmement élégant et soigné, qui, bien qu'ayant la soixantaine, gardait toute sa vigueur.

Jerry Kelly l'a reconnu dès qu'il l'a vu assis derrière le bureau monumental, alors qu'il n'avait pas vu depuis longtemps le riche et puissant directeur du célèbre Wilder Institute.

La main de l'homme, qui était le père de Fanny Wilder, fit un geste invitant :

« Asseyez-vous, Jerry. Et soyez le bienvenu !

Avant d'obéir, sourd et rancunier surtout de la dernière sensation d'angoisse qu'il avait ressentie, le jeune homme salua :

« Merci, monsieur Wilder. Mais êtes-vous déjà au courant de l'accueil "agréable" qu'ils nous ont réservé ?

« Bien sûr, mon garçon. Le World Research Center n'est rien de plus que... Comment dirais-je ? ... Oui : une pépinière dans laquelle puise notre Institut. Quand une nouvelle invention, une nouvelle recherche ou une nouvelle expérience a de bons résultats ici, nous prenons immédiatement le relais et finissons par lui donner une forme définitive. Vous savez que le Wilder Institute, que mon grand-père a fondé, n'arrête pas de marquer de belles victoires !

« Nous avons été traités comme des criminels, M. Wilder !

« D'une certaine manière, vous l'êtes, cher Jerry.

"Comment dit-on ?

« Asseyez-vous et je vous expliquerai.

« Je veux vous entendre, monsieur.

« Tu vois, Jerry... Tu as toujours été aussi têtu que ton père. Il a perdu la vie dans ces enquêtes qu'il a menées, et c'était un bon ami. Peut-être mon meilleur ami !

« Est-ce pour cela que vous m'avez toujours refusé votre aide ?

« En partie oui : je ne voulais pas qu'il t'arrive la même chose. Mais tu as disparu avec tes idées folles et ton envie de suivre ce que ton père a commencé. Et tu es allé trop loin, mon garçon ! Rien de moins que "Saturne XI", à quinze cents millions de kilomètres d'ici !

« J'ai accepté le poste, considérant que je pouvais continuer à enquêter là-bas.

« Et d'après ce qu'on m'a dit, tu l'as fait aussi !

" C'est ainsi, monsieur Wilder. Le professeur Lehman est une excellente personne et il m'a beaucoup aidé.

« Oui ! Je le sais déjà ! Avec les fonds et le matériel programmés pour le projet Saturn. Ce n'est pas comme ça ?

« Délinquance légère, monsieur : surtout, quand j'ai été sur le point d'accomplir ce qui peut tant profiter à l'Humanité.

L'élégant Charles Wilder inclina la tête avec amusement en demandant :

« Pensez-vous toujours que cela peut être très utile, Jerry ?

"Pourquoi pas ? J'en ai discuté maintes fois. Et je pense que si on peut faire parler "La voix de l'Univers", tout sera plus...

Il s'arrêta en voyant le geste d'une de ces mains soignées et soignées, en entendant son propriétaire dire :

« Oui, Jerry. Cela a déjà été discuté à plusieurs reprises, nous n'allons donc pas le faire une fois de plus. Il vaut mieux que je vous dise pour votre gouvernement, que lorsque j'ai appris par le Conseil d'administration de l'Institut arrivé, bien que je n'aie pas réussi à vous dégager de toute responsabilité, j'ai réussi à bénéficier d'un traitement spécial.

"Et mes amis ?

Charles Wilder a semblé hésiter avant de commenter :

"Eh bien... Ils s'en sortiront bien ici. Ne sais-tu pas que c'est comme une grande nation Elle compte déjà plus de deux millions d'habitants !

"Vous voulez dire deux millions de prisonniers, M. Wilder

« Pourquoi les appeler ainsi, alors qu'ils peuvent se promener librement dans cet immense enclos ? Le World Research Center est plus grand que l'Espagne. Ici, tout est moderne, épuré, fait de verre et d'acier, Jerry. Les bâtiments en plastique transparent résistent au feu, formant de hautes montagnes d'énormes blocs. Des plates-formes rotatives faisant des maisons et des fenêtres suivent la course du soleil. Des rues en mouvement avec des courroies sans fin, sur lesquelles vous pouvez aller d'un endroit à un autre sans vous fatiguer. Des ascenseurs silencieux qui vous emmèneront à plus de mille mètres de haut, ou qui descendront dans les entrailles de la terre, vomissant des milliers d'ouvriers dans les laboratoires les plus secrets. Ne savez-vous pas qu'ici nous répétons de nouvelles formes de vie ?

« Peut-être le moyen pour l'homme de vivre en esclave, tout en acceptant volontiers cette condition, monsieur Wilder ?

Le puissant financier et industriel souriait en se brossant sa jolie petite moustache en célébrant :

« Tu es toujours le même, Jerry ! Tu n'as pas changé !

Maintenant que j'y pense, monsieur Wilder, j'ai l'impression que vous avez changé.

Il s'est délibérément arrêté avant d'ajouter au suivant :

« Ou peut-être que c'était toujours comme ça et que je ne m'en rendais pas compte.

"Jerry, mon garçon. Nous n'avancerons pas avec des commentaires blessants.

« Laissons tomber alors et mettons-nous au travail, M. Wilder. Pourquoi est-ce que ça te dérange tellement que j'obtienne ce que je me propose de faire ?

« M'embête ? Non, mon fils, non ! Au contraire !

« Eh bien, laissez-moi vous dire que vous avez le sentiment vague et agaçant que c'est vous... vous qui l'avez empêché !

Charles Wilder bondit sur ses pieds, protestant :

« Tu m'accuses de quelque chose, mon garçon ?

«Je ne peux pas le faire d'une manière spécifique. Il me manque des données, mais...

« Vous devrez rectifier, Jerry. J'ai tout découvert, car il est naturel que ce soit le cas. Je suis le directeur général du Wilder Institute après tout !

« C'est précisément pourquoi je suis surpris de ne pas avoir plus de soutien de votre part.

« Tu as mon soutien, mon garçon. Mais je n'ai pas écrit

lois ou statuts. Ce que vous avez volé vaut plusieurs millions... Et c'est pourquoi ils vous ont amené ici !

« Sans procès, monsieur ? Pas de phrase ? Les lois et le sens de la justice ont-ils tellement changé depuis que nous avons quitté la Terre ? Ou est-ce que tout cela est déjà devenu un gigantesque World Research Center, dans lequel seuls les puissants comme vous règnent, les quelques privilégiés qui peuvent vivre comme bon leur semble, marchant où bon leur semble ?

« J'ai dit, Jerry. Tu es contre moi !

« Comment ne pas l'être, alors qu'ils nous ont amené ici deux escortes, ils nous ont surveillés, ils nous ont mis dans une pièce en nous aspergeant de fumée, avec l'angoisse de penser qu'ils nous ont gazés là-bas ?

"Mais mec ! Ce sont des mesures communes. La désinfection doit se faire partout.

« Soyez prévenu, monsieur Wilder !

Allez, allez, mon garçon ! Ce n'est pas important.

"Il fait ! Surtout quand on ne veut pas traiter les êtres humains comme s'ils étaient des machines. Oui : j'ai déjà vu que comme tu dis ici tout est soigné, tout propre, tout ultramoderne. Et bien sûr, tous rationalisés, soumis à la toute-puissance de ceux qui gouvernent cette gigantesque prison, qui délégueront même leurs fonctions aux cerveaux électroniques, qui seront ceux qui donneront vraiment les ordres...

Jerry Kelly s'était excité et continua :

« Oui, M. Wilder : j'ai pu constater que tout est à sa place et que tout est en ordre. Chaque minute contrôlée. Chaque action, préalablement programmée. Je parie que rien ne s'improvise ici non plus à la volée et les êtres humains qui vivent ici, comme les machines, ne prendront jamais une décision qui n'ait pas été validée par l'ordinateur auparavant... Des chiffres, des chiffres, des chiffres et au final le Résultat. Sans protestation ! Sans rien modifier par vous-même ! Complètement annulé la personnalité des êtres supérieurs, des êtres de passage ! Ce n'est pas comme ça ?

Charles Wilder avait fini par croiser ses mains prudentes, le regardant entre souriant et amusé, ses yeux intelligents et extrêmement astucieux brillaient.

« Eh bien, je n'aime pas tout ça ! "Le jeune homme avant lui a fini par crier." Et s'il est vrai qu'il m'apprécie dans quelque chose, que mon père était son meilleur ami...

« Ne continue pas, Jerry... Mon pouvoir n'est pas si élevé. Je ne peux pas te sortir d'ici !

« Au moins, ils nous fixeront une date butoir. Ils ne peuvent pas nous garder ici pour toujours. Nous n'avons commis aucun crime !

Feuilletant doucement quelques papiers devant lui, Charles Wilder chuchota doucement, comme s'il se parlait à lui-même, mais assez fort pour être entendu.

« Alors surtout... J'ai appris que dans toutes vos malheureuses affaires, il y a eu pas mal de morts, n'est-ce pas, Jerry ?

Jerry Kelly a bondi :

« S'il vous plaît, M. Wilder ! Ne confondez pas les choses. Ces morts se sont produites précisément lorsqu'ils ont essayé de nous éliminer, étant donné que l'explosif puissant qui était placé dans notre vaisseau spatial a été découvert et démonté.

« D'accord, Jerry ! D'accord... Je vous ai déjà dit que j'ai lu le rapport brièvement. Si tu le dis, mon garçon...

« Il y a plus, monsieur. Ne vont-ils pas enquêter sur ce Gassman, ce Louis Streisand et pourquoi ont-ils agi ainsi ? Nous avons été envoyés en mission suicide !

« Les hommes... ! Autant que ça, Jerry ! Je ne sais pas... Heureusement, je vous vois ici, en bonne santé et fort, et avec la même énergie que toujours. Pourquoi cette excitation ?

« Je vous l'ai dit, monsieur. Les injustices me révoltent !

« Ce n'est pas tout à fait le cas de vous envoyer ici. Réfléchissez et acceptez noblement une certaine responsabilité. Et surtout, aie confiance qu'à cause de ce que tu représentais pour ma fille et ce que ton père était pour moi, je vais bientôt réparer tout ce gâchis. Y compris vos amis, ea! s'exclama-t-il à la fin, comme s'il concédait.

Jerry Kelly s'était calmé, s'intéressant à lui lorsqu'il l'entendit citer la femme qu'il avait tant aimée autrefois :

"Comment va Fanny, ..?

"Eh bien ! Vous savez qu'elle ne manquait de rien, elle voyage, elle fait des croisières, elle a beaucoup d'amis... et elle passe sa vie chez les couturiers les plus chers du monde !

" C'est bon signe, monsieur Wilder. Ils sont la volonté de vivre.

"Bien sûr ! Cela fait longtemps qu'il n'a pas surmonté la crise, quand il a rompu avec toi...

"Je suis heureux.

Charles Wilder se leva en se frottant les mains, terminant l'interview à la conclusion :

"Eh bien, Jerry : nous avons convenu que dans quelques semaines je chercherai à tout arranger. Pour le moment ils vous installeront bien et votre séjour ici ne sera pas si désagréable, tant que vous respectez les règles. voyez qu'ils ne sont pas rigoureux du tout !

« J'apprécierai tout ce que vous ferez pour moi et mes amis, M. Wilder.

« Ça n'a pas d'importance, mec. Bien que, oui, mon garçon. Vous devrez travailler, vous consacrer à quelque chose ! Vous êtes tous des scientifiques et votre cerveau vaut beaucoup. A quoi voudriez-vous passer votre temps ?

« Vous le savez, monsieur. Sur l'acoustique !

Charles Wilder a semblé froncer les sourcils, mais a immédiatement accepté :

« Tu sauras ce que tu aimes, Jerry ! Et voyons s'il est vrai qu'un jour tu nous feras tous entendre « La voix de l'Univers » !

" Je vais l'avoir, monsieur Wilder. J'ai juste besoin des moyens nécessaires, tout comme je l'avais déjà réalisé sur "Saturne XI".

« Je vais leur demander de vous fournir ces moyens, mon garçon. Ce Centre mondial de recherche est créé pour cela. Aucune idée ne doit être gaspillée ! Aucun cerveau ne devrait laisser ses fruits se perdre ! Tu verras!

Ils sortirent ensemble et quand ils se séparèrent le puissant et élégant Charles Wilder promettait encore :

« Le Wilder Institute sera le premier à lancer votre invention !

CHAPITRE XII

Charles Wilder a montré des signes de tenue de parole.

Jerry Kelly était affecté à un atelier où, en dehors des heures contrôlées pour d'autres tâches, lui et ses amis pouvaient enquêter sur ce qui avait été interrompu sur le « Saturn XI », à tant de centaines de milliers de kilomètres, en plein cœur de ce qui avait été le désert aride du Sahara.

Seulement, pour une raison ou une autre, il n'a pas obtenu le matériel dont il avait besoin.

Alors les mois passèrent, devant s'acclimater de force à la discipline du World Research Center, où d'autres scientifiques également arrêtés avançaient beaucoup plus que lui dans leurs recherches.

Le puissant Charles Wilder y était fréquemment, mais il ne daignait pas toujours accueillir celui qui avait longtemps été le fiancé de sa fille. Il ne l'a fait que quelques fois, et la dernière fois il avait dit à contrecœur :

"Désolé, Jerry. J'ai beaucoup de travail. Je vous promets que je m'occuperai de votre affaire.

"Monsieur. Wilder... Je sais que tu ne le feras pas !

"Quelle bêtise, mon garçon ! Ce qui se passe, c'est que j'ai trop de choses en tête et que je ne peux pas tout faire. Chaque fois que je visite ce centre, je dois prendre une bonne pile de dossiers pour voir si l'une des découvertes peut être utile à l'Institut Wilder.

Il désigna le secrétaire particulier qui l'accompagnait toujours en indiquant :

Prenez note, Makensy. On doit s'occuper de Jerry. Et maintenant, si vous me le permettez, mon garçon...

" Bien sûr, monsieur Wilder. Vous avez beaucoup à faire et la permission qu'ils m'ont donnée se termine dans quelques minutes. Je ne te dérangerai plus !

«Ce n'est pas un problème. Ils m'ont dit que tu progresses petit à petit et que tu as réussi à construire de nouveaux appareils qui...

« Ils ne sont pas très puissants, monsieur. Comme ça je ne finirai jamais. J'ai besoin d'antennes ultra-sensibles, de bons magnétophones, de filtres appropriés et de bien d'autres choses !

« Que se passe-t-il ? Ils ne fournissent pas tout ce que vous demandez ?

« Ils ne le font jamais ! Quand une chose ne manque pas, c'en est une autre. Mais c'est pareil pour moi !

De la porte, avant de dire au revoir, il annonça :

« Nous nous acclimatons, monsieur Wilder. Ne t'en fais pas! Je pense qu'un de ces jours, Marlene et moi allons nous marier et rester ici pour toujours.

« Je t'ai déjà dit que ce n'était pas si mal, pourtant... Bien sûr que je vais te faire sortir !

Charles Wilder feuilleta distraitement les documents sans voir que Jerry Kelly avait quitté le bureau. Lorsqu'il leva la tête et regarda son secrétaire particulier, un de ses amis de longue date, il demanda :

" Cet imbécile est-il déjà parti, Makensy ?

"Oui, Charles. Pourquoi ne finis-tu pas cette comédie tout de suite ?

"Pour quoi ? Au fond ça m'amuse. C'est toujours commode de passer pour une bonne personne et les autorités, Le centre aime me voir inquiet pour l'un des internés.

« Peut-être aimeraient-ils savoir que vous vouliez vous débarrasser de lui, comme vous l'avez fait avec son père.

Charles Wilder sursauta nerveusement et réprimanda :

"Tu veux te taire? Je n'aime pas en parler. J'ai dû tuer le père de Jerry parce qu'il était insolent avec moi, avec le fait que nous étions amis, il ne me respectait pas et faisait ce qu'il voulait dans le Institut fondé par mon grand-père, il était obsédé par ses lois acoustiques et je n'aimais pas ces investigations.

"Prenez ! A n'importe qui ! S'il réussit, il pourrait " traquer " les ondes sonores de nombre de vos conversations et... Au revoir au grand et puissant Charles Wilder !

" Tu ne peux pas parler non plus, Makensy. Vous avez aussi beaucoup à cacher !

" Moins que toi, Charles. Tu es plus haut !

« Allons-nous nous jeter notre linge sale à la figure maintenant ?

« Non, Charles. Mais je n'aime pas ça, en plus tu te moques de ce garçon.

« Que voulez-vous que je fasse ? Je l'ai fait inclure avec ses amis dans l'expédition vers les anneaux de Saturne, après avoir reçu l'information de Gassman. Ce garçon est très intelligent et est allé plus loin que son père. Il est allé à » Saturn XI" et ce vieil idiot de Walter Lehman lui a donné tout ce que je lui avais toujours refusé. Il a construit ses appareils diaboliques et aurait fait de son invention une réalité. Il m'avait maintes fois parlé de lui et je vous dis qu'une telle chose Ce sont des lois fixes de l'acoustique, Makensy, des lois immuables !

« Est-ce pour cela que vous avez essayé de l'éliminer aussi ?

« Et à tous ses collaborateurs ! Pour des hommes comme toi et moi, le monde va bien comme ça. Aucune faute ne nous fait que nos paroles puissent un jour être « chassées comme s'il s'agissait de papillons et de ceux qui ne devraient plus les entendre. Ne pensez-vous pas?

« Oui, mais vous avez vu qu'ils étaient sauvés.

« À cause de la cupidité du stupide Luis Streisand. Je voulais garder les instruments et en emballer d'autres, ce qui a conduit à la découverte de la supercherie.

« N'avez-vous pas également placé un dispositif atomique sur le vaisseau ?

« Oui, mais je vous dis qu'ils l'ont découvert et sont revenus. Alors, de retour sur le vaisseau-mère, que pouvais-je faire ? Il ne convenait pas d'éveiller davantage de soupçons : le général Peter Masson y règne et c'est une personne très intègre.

Charles Wilder arpentait le bureau spacieux, les mains soignées jointes derrière le dos, avant de jeter un coup d'œil à son assistant et de poursuivre :

« Ici, ils sont bons. Si nous ne déposons pas d'accusations au Wilder Institute. Ils ne sortiront jamais d'ici ! Ils ne peuvent pas me déranger.

Le silence régnait entre les deux avant que Makensy ne dise :

"Charles... Ne vaudrait-il pas mieux provoquer un autre 'accident' ? Si le père était brûlé vif, comme tout le monde le croit, lorsqu'il recherchait son invention, la même chose pourrait arriver au fils, vous ne pensez pas ?

« Je vais te dire quelque chose, Makensy... Tu n'as pas à détester autant Jerry Kelly. Un jour ou l'autre ma fille cessera de penser à lui et tu pourras l'épouser. Pourquoi nous compliquer davantage ?

« Et je vais vous parler franchement, Charles. J'en ai marre d'attendre ! Fanny aime toujours ce génie... Et Jerry Kelly pourrait un jour sortir d'ici !

"Ne le crois pas.

« Qu'en est-il des autorités de ce centre ? De temps en temps, il y a des revues des causes et le crime de ces hommes ne l'est pas tant. Avec quelques années...

"Je te dis non ! Je m'en occupe. Ce garçon dont tu viens d'entendre qu'il finira par épouser la fille qui est venue avec eux. Ici, ils peuvent vivre heureux et tout oublier. Beaucoup le font !

« Des hommes comme Jerry ne rentrent jamais dans cette vie. Il vaudrait mieux en finir avec lui ! Et si un jour il obtenait tout le matériel dont il a besoin ? Pouvez-vous imaginer celui qui formerait « la chasse » comme il dit tous les mots qui flottent dans l'espace ?

« Ils ne lui donnent jamais le matériel précis. je l'ai commandé !

Et s'il réussit ?

"C'est bon ! Fais ce que tu veux, Makensy. C'est à toi de voir !

« Merci, Charles... Mais je veux que Fanny sache qu'elle est morte quelque part ! Vous devez me comprendre.

« Ami accepté. Mais faites de votre mieux. Je ne veux pas d'ennuis !

"Ne vous inquiétez pas... J'ai déjà l'expérience de causer" des accidents fortuits. "

* * *

L'expérience dont Makensy s'était vanté auprès de son patron et ami cette fois ne lui était d'aucune utilité.

Le même après-midi, lui et Charles Wilder ont été arrêtés par les mêmes autorités au World Research Center, où ils faisaient partie des personnes qui avaient le plus bossé jusqu'à ce jour.

Mais ils ont été arrêtés devant des preuves irréfutables.

« La voix de l'Univers » avait parlé !

Jerry Kelly a pu présenter un enregistrement de la conversation que les deux hommes avaient eue dans son bureau monumental du trois cent quatorzième étage et à plus de trois milles de l'atelier expérimental de l'ingénieur acoustique... qui avait réussi à « chasser bas" celui-là ! conversation avec une équipe rudimentaire constituée par lui-même, malgré le refus de certains éléments du matériel dont il avait besoin !

« J'ai compensé le manque de moyens par l'ingéniosité » a précisé Jerry Kelly.

« Mais alors... votre invention est un fait ?

"Ce sera quand il sera plus sophistiqué et pourra être utilisé pour" traquer "les ondes sonores qui ont continué à se propager dans l'espace pendant des siècles. Dans ce cas, j'ai pu le faire parce que j'avais toutes les données les plus précises. Lieu où j'avais laissé M. Wilder, heure exacte, situation, température ambiante et quelques autres choses qu'il m'était facile de calculer.

Il les emmena dans son atelier rudimentaire, leur montrant ses instruments en développant :

« La distance était courte et ces simples antennes étaient capables de capter les vibrations sonores provenant de ce bâtiment. Les filtres sélectionnaient tous les bruits, les nuançaient et éliminaient ceux qui ne m'intéressaient pas... Le reste était simple !

« Vous soupçonniez M. Wilder ?

Jerry Kelly était sincère en disant :

«Je n'ai jamais pensé qu'il avait assassiné mon père, mais je soupçonnais que, pour une raison quelconque, il ne voulait pas que mes enquêtes aboutissent. De là à me rapporter à tout ce qui s'est passé sur "Saturne XI", il y a eu un pas que j'ai finalement franchi lorsque j'ai constaté qu'il ne tenait toujours pas ses promesses...

« C'est un homme très influent, mais avant cette épreuve... Ils n'ont aucune défense possible ! Ce que vous avez réalisé est tout simplement merveilleux. Rien de moins que de reprendre tout ce dont les hommes parlent !

« Pas tout ce qu'ils disent, mais ce que les générations passées ont dit.

"Vraiment fantastique!

« C'est vrai... Mais très délicat !

"Exactement!

«Cependant, cela vaut la peine de continuer à se battre pour y parvenir de manière totale. Pensez que, tout comme Charles Wilder et ce scélérat Makensy recevront leur punition, la même chose attend tous les coupables car toutes les complots criminels secrets peuvent être découverts.

« Alors il n'y aura plus de secrets, car l'Univers parlera !

* * *

Ce que Charles Wilder a bien compris, c'est lorsqu'il a déclaré que l'Institut que son grand-père avait fondé financerait les coûts de recherche et d'assemblage de ce que tout le monde appelait maintenant "l'invention" de Jerry Kelly.

Il est vrai qu'il y avait encore beaucoup de travail à faire, mais les tests suivants qu'il a effectués ont assuré le succès.

Un satellite artificiel a été envoyé autour de la dernière planète du système solaire, de sorte que pendant qu'il était en orbite autour de Pluton, il servirait de plate-forme idéale à partir de laquelle les étranges instruments acoustiques pourraient commencer à « chasser » les sons.

Et le nouveau satellite s'appelait "La voix de l'Univers".

Jerry Kelly a été nommé responsable de ce nouveau

l'ingéniosité de l'homme, tandis que le Dr Marlene Power est devenue son épouse et sa plus fidèle collaboratrice.

Et là, aux confins du système solaire, scrutant l'hyperespace qu'ils devraient sonder pour réaliser leurs rêves, ils pourraient savourer la vérité de leur amour que tant d'épreuves difficiles avaient réussi à sauver.

Ils étaient amoureux de la vérité.

La vérité absolue qu'ils pourraient un jour offrir comme un cadeau dangereux au monde entier...

La seule chose qui restait à savoir était de savoir si l'homme résisterait à l'épreuve difficile lorsque "La voix de l'Univers" a commencé à parler ...

FINIR

97